異世界でも無難に生きたい症候群

—— It's sudden,but I came to another world! But I hope to live safely. ——

安泰

ANTAI

Illustration ひたきゆう

3

- CHARACTER -

？？？

突如異世界にきてしまった地球人の青年。山賊の情報を持っていたことでイリアスに同行することになる。地球の言葉で書かれた魔王に関連する書物の内容を知ってしまったことにより命を狙われている。相手を理解することに長けている。

イリアス

ラグドー隊に所属する騎士。ラグドーに与えられた山賊討伐の任の最中、主人公と出会ったことで山賊討伐を果たす。自由に自分の立ち位置を変えることができる主人公に興味を持つ。主人公を肩に軽々と担げる怪力の持ち主。

ウルフェ

黒狼族の少女。黒い髪色を持つ黒狼族において、相反する白い髪色をもって生まれる。生後間もなく両親を失うなどの度重なる不幸により忌み子として扱われていたが、主人公と出会い救われる。

ラクラ

ユグラ教の使者としてターイズに来た司祭。ドコラが持ち出した本の在り処を調べるため、主人公に色仕掛けを仕掛けるが失敗する。単独で軍隊規模のアンデッドも処理できる魔法のエキスパート。

マリト

ターイズ王国の若き王。25歳にして先王から王の座を受け継いだ誰もが認める優秀な人物。王になって以降、僅か2年の間で国内の様々な問題を解決してきたことにより民からも絶大な支持を得ている。

カラ爺	ラグドー隊所属。『神槍』と言われるほどの凄腕の槍使い。本名はカラギュグジェスタ＝ドミトルコフコン。
マーヤ	ユグラ教の大司教の一人。イリアスの母親の親友だったこともありイリアスを娘のように思っている。
サイラ	ターイズにある民衆酒場『犬の骨』の給仕。将来の夢は服を作る仕事に就くことで独学で学んでいる。
ラーハイト	緋の魔王の下で暗躍する謎の男。魔王に関連する書物を読むことができる主人公の命を狙っている。

- STORY -

男は突如転移した異世界で出会ったターイズ王国騎士団のイリアスたちと共に、首魁ドコラ率いる山賊同盟を討伐する。ドコラが残した地図に描かれた場所に向かった男はそこで過去に滅んだとされる魔王に関する『本』を見つけたのだった。

その後、偶然発見した黒狼族の村で忌み子として扱われていた少女ウルフェを救い、イリアスと三人で共同生活を始めた男の前に、ユグラ教の司祭ラクラが使者として現れる。ユグラ教の禁忌の一つである死霊術に書かれているとされた『本』を回収するという目的のもと、その在り処を聞き出そうと、男に色仕掛けで迫るも失敗するラクラ。だが、ラクラを送り込んだウッカ大司教を催眠で操っていた、謎の男ラーハイトが『本』を解読できる男を暗殺すべく暗部たちを送り込んでいた。

イリアスたちの活躍により暗部を返り討ちにし、危機は去ったかに思えたが、ターイズで開催される収穫祭に更なる脅威が迫っていた……。

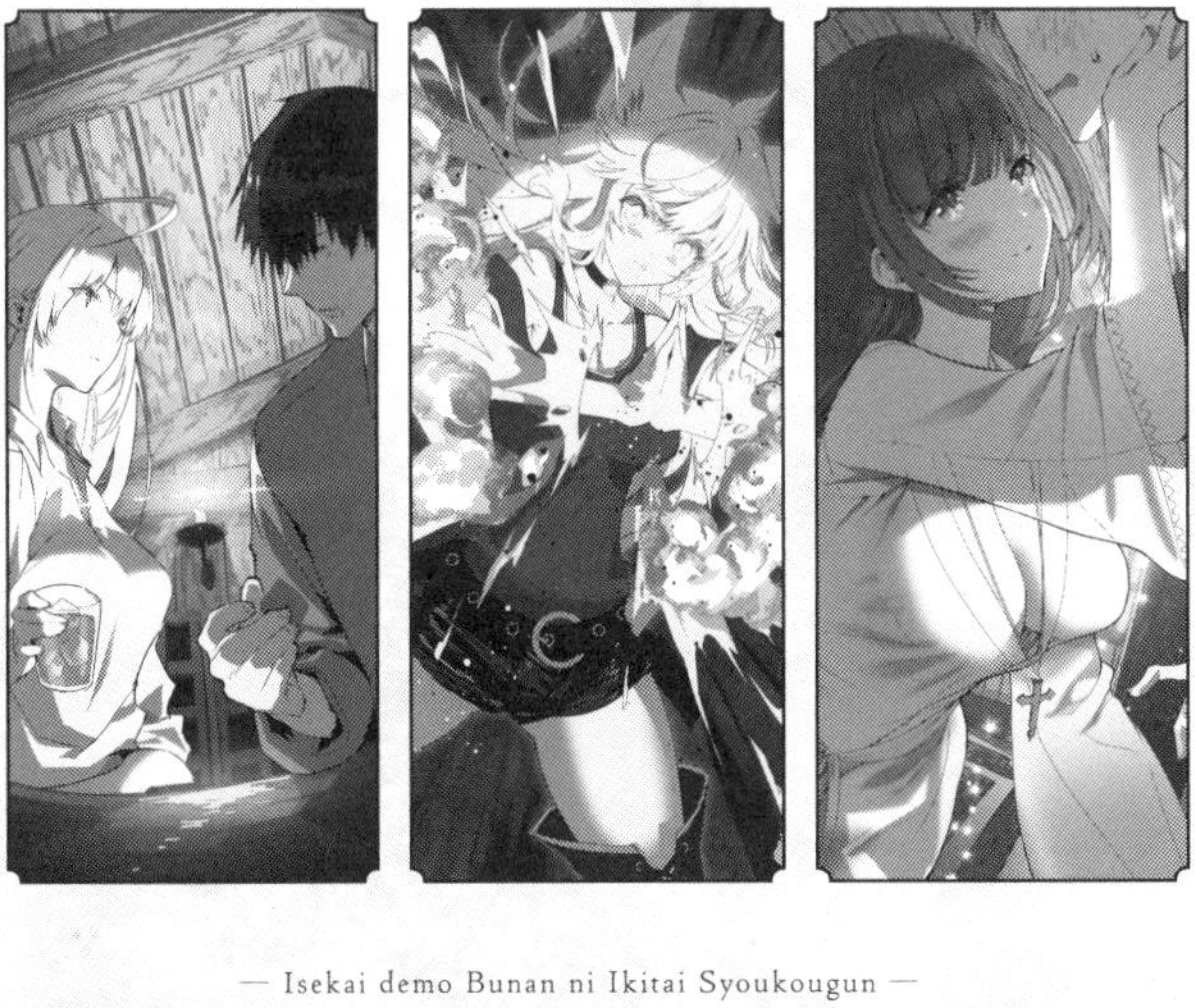

- CONTENTS -

01　さしあたってするべきことを考えよう。

あくびを噛み殺しながら味わう朝の空気の冷たさに、無邪気だった子供時代を思い出す。もっとも次に考えることは感慨深さよりも、大人になってからまともな生活をしてこなかったことに対する哀愁だったりするのだが。

「人の目がある場所でだらしないな。夜遅くに帰ってくるからだぞ」

「大人の付き合いってのは得てして遅くなるもんだからな」

昨日はバンさんの家に誘われており、ちょっとした酒盛りをしていたのだ。

式典でイリアスに陰口を叩いていた貴族を軽く懲らしめる予定が、気づけば大捕物にまで発展。その協力者となったバンさんはターイズの商人としての地位をより盤石のものとし、商人と国、両方から強い信頼を勝ち取ることに成功した。

酒盛りはその礼を兼ねたものだったのだが、流石は商人。酒を飲ませる技量が高いこと高いこと。もしもラクラを生贄にしていなければ今頃二日酔いだっただろう。ラクラ本人としても美味しい酒をたらふく飲めたのだから本望なはずだ。なお朝彼女の部屋を通った時に聞こえた唸り声は聞かなかったことにする。

「そう言えば君とこうして二人で歩くのは久しぶりだな」

「そっちは定時出勤だが、こっちは臨時出勤だからな」

マリトが朝から暇をしていれば一緒に向かうこともできるのだが、一国の王が毎日午前中から暇を持て余しているような国は一抹の不安を抱きたくなる。

ただし今日は例外、イリアスと共にマリトに呼び出されているのだ。早急の用があるような感じではなかったが、一体何の用件やら。

◆

「ラッツェル卿、貴公には本日より要人警護の任を与える」

急だな、おい。執務室に通されるや否やイリアスの配属が変わった。要人警護、その名の通り重要な人を護る任務だ。警邏などをする騎士の仕事もらしいと言えばらしいのだが、ファンタジーにおける騎士となればやはり護衛と言う立場は格好良い響きがあるものだ。

「私が……ですか」

「そうだ。ラッツェル卿、貴公の実力はメジスの暗部相手にも通用することを自ら証明してみせた。任せることに問題はないだろう」

確かに。警邏でぷらぷらと街を歩くよりも、イリアスの実力を発揮できる良い機会だろう。しかし要人警護か、誰だろうか。該当候補はいるものの、時系列を考えるとパッと思いつく人物が出てこない。と言う事は何か変化があると見てよいのだろうか。

「今日からということは、エウパロ法王はもうターイズについたのか？」

「いや、彼はまだガーネ領土あたりだろうね。一人で来るわけではない。それなりの人数で来るらしいからどうしても遅くなる」

「そうだよな。それじゃあ誰を護るんだ？」

「君だよ、君」

「何だと？」

マリトはこちらを指差す。周囲には誰もいない、どうやら自分のことのようだ。

「自覚がないようだね。君はチキュウの言語を読める貴重な人材だってこと忘れてないかい？」

「あー」

これと言った技能があるわけでもなし、あまり自覚はなかった。だがこの世界にとって、重要な情報を持つ本を読めると言うのは確かに貴重だ。専門的な技術を持っているのならばいざ知らず、日本語が読めるだけで重要人物と言う扱いはどうもくすぐったいものを感じる。

「このことが知られたら、ラーハイトのような輩が君の命を狙う可能性は極めて高い。狙われたら間違いなく身を守れないだろう？」

「間違いないな」

今まで敵対したどの敵にも勝てる気はしない。銃火器でもあれば……いやー無理かなー。山賊くらいまでなら通用するかもしれないが、この世界の住人のことだ。多分目で見てから回避できるわな。

イリアスに至っては先日爆発に巻き込まれても怪我一つなかった。超遠距離からのスナイパーライフルの狙撃で魔力強化の隙を突けばあるいはとも思うが、多分対応されそうです。

「都合が良いことに君とラッツェル卿は同じ家に住んでいる。護衛の任を与えるには好都合だと思わない？」

「確かに都合が良いだろうな」

至極もっともな意見である。同居人であり知った仲、実力は言うまでもない。他の護衛が家にいたらさらに狭くなるわけだしな。本来要人警護を受ける人物にもなれば、大きな建物に居を構えている場合が多い。民家にＳＰが住み込みで働くドラマはあまり見ない。しかしイリアスが護衛につくのか……うーむ。

「イリアスかぁ……」

「待て、私では不服なのか」

「希望の人物がいれば替えてもいいけど、ああラグドー卿は貸せないよ」

そりゃあ騎士団団長を護衛に付けるのは無理でしょう。むしろ恐れ多い。イリアスが何か言いたそうな目をしているが、ここは素直に考えてみよう。

「適任さで言えばイリアスだとは思うけどな」

「ふむ、では女性の護衛は嫌かい？」

割とイリアスの地雷を踏んできますねこの陛下。そりゃあ女性に護られることに思うところが全くないわけではないが、この世界の基準ならそんな偏見は捨ててもいい。

「それはない。むしろ女性らしい方が歓迎だ。残念ながらイリアスからは色気を感じないがな」

「ほう」

怖い目で見られているのか。いや蔑まれているのか。しょうがないじゃない、男の子なんだもの。

「――まあイリアスは男女関係なく適任だろうよ。ただ相性がな……」

「相性か、君自身は誰と相性がいいと思っているんだい？」

「うーん、知っている騎士で言うなら……カラ爺が一番だな」

やはりカラ爺の有能性は高い。実力もさることながら、こちらの策略などに最も組み込みやすい人物である。やっぱあの槍投げは強いよ、うん。こう、頭の中で戦略を考える時に遠距離からスパッと決められる一手と言うのは気持ちがいい。

「ドミトルコフコン卿か、確かに相性は良さそうだね。だが彼は現在の職場の現場責任者的な位置にある」

「そっかー。まあラグドー隊のお爺様方は皆熟練だからなぁ……。要人警護より適任の椅子があって然りだろうな」

「レアノー隊から若い騎士を引っ張ってくることもできるけど、会ってみるかい？」

「いや、そうするくらいなら実力が分かっているイリアスの方が話も早いだろうさ」

そもそもイリアスを嫌悪している騎士達を家に招くわけにもいかないだろう。

「じゃあ決まりだね。ラッツェル卿、これは王命だ。彼を護りきるように」

「……はい、陛下」

これから先はイリアスと共に行動する機会が増えることになる。思えばイリアスとはすれ違うことも多かった。職場の違う相手なのだから仕方のないことではあったが、これからは常時連絡が取れるので色々と便利である。この世界にも遠距離通信の技術はあるが、魔法が必須な上ユグラ教の秘儀レベルだ。導入は難しいよな。

ただイリアスは小言が多いからなぁ……。悪いこともほとんどできなくなるだろう。……不摂生な生活とかそんなことですよ？　あ、でも夜の街とか遊びに行けないのは辛いかもしれない。とりあえずはラグドー隊の面々にイリアスの警邏の引継ぎの話をするべきだろう。

「それじゃあラグドー隊のとこにでも行くか」

「……ああ」

おや、イリアスさんなにやら不機嫌そうですね？　そりゃあ要人警護という騎士らしいお仕事の対象がコレじゃ不満が出るのは分かりますが、露骨過ぎやしませんかね？　プロ意識どうこうを言うつもりはないが、後で注意しておくべきかな。

そんなわけでラグドー隊の鍛錬場へと到着。ウルフェもセットで皆様元気で鍛錬しておられる。

「おお、坊主か先日は良くやったのう」

こちらに気づいてかカラ爺が声を掛けてきた。カラ爺は先日の暗部の件で本を狙う賊の討伐と言う名目でラグドー卿から呼び出されており、重役とイリアスを除けば唯一事情を知っている人だ。もとより本の表題を伝えてしまい、秘密を抱え込ませてしまった件で色々と申し訳なく思っていたのだが、ついに巻き込んでしまった。それでも笑って加わってくれたのは心強いことこの上ない。当人曰く『死ぬ前にもう一波乱来るかもしれんのじゃろ？　騎士冥利につきるわい』とのこと。

「案を考えただけですよ。成果を得られたのはカラ爺達の培ってきた技術の賜物です」

「ふぁっふぁっふぁっ！　それが分かっていれば十分有望じゃわい。今日は鍛錬にでも来たのかの？」

「いえ、実はイリアスが――」

「そうだな、最近まともに手合わせを行っていなかった。カラ爺一戦頼もうか」

「――構わぬが……ちょっと坊主こっち来い」

カラ爺に強引に引き離され、イリアスから距離を取る。そしてヒソヒソ声で囁かれる。

「なんかあったかの。イリアスの奴、殺気立っておらんか？」

「いや、実は要人警護の任をマリ――陛下から命じられまして。まあコレなんですが」

イリアスは準備運動代わりの素振りを始めている。素振りの音だけでもそのやばさがひしひしと伝わってくるのは流石である。

「ふむ……。坊主があの本を読めると言うのは、確かに要人警護の理由にはなるのう。じゃがそれならあのようになるとは思わぬが……他に何を話しておった？」

「特には……イリアスなら適任だと言う話はしましたが」

「それでは喜びはするが怒るはずはないじゃろ」

「ですよねぇ。ああ、でも他に誰か希望者がいるかと聞かれたとき、相性ではカラ爺が一番かなぁと」

「……」

あ、それっぽい。カラ爺は呆れた顔で、大きく溜息を吐いた。

「それじゃよ……騎士からすれば護衛は誉れ高い仕事じゃ。それを適任とは言え、他の者が良かったと言われれば不満も持つわい」

「まじですか」

単純に性格的な相性の話をしたわけなんですが、そう捉えられちゃいましたか。あーでも確かに、護衛と言うよりは組む相手として誰が良いかという発想で語っていた気がしますです。

「やれやれ、酷いとばっちりじゃわい……。何とか諫めてやるが、今度酒を奢ってもらおうかの」

「すみません、頼みます」

「まあ任せい。わしとしては誉れをもらったわけじゃしな。その活躍見とるとええ！」

うむ、やはりカラ爺は頼りになります。そんなわけでカラ爺とイリアスの対戦が決まった。周囲の者達も鍛錬を中止し、その様子を見学しに寄ってきた。

イリアスは強豪ひしめくラグドー隊の中でも二番手の実力を誇っている。だが二位と三位の差は広く、まともに鍛錬もできないと聞いている。

しかしカラ爺の実力は良く知っている。山賊討伐、黒狼族の村で見せた演舞、そして暗部討伐での活躍。イリアスが規格外の化物であれどもその卓越した技術は引けを取らないはずだ。実際急成長を遂げているウルフェでさえ、未だにカラ爺には攻撃を当てたことがないのだ。そうこう思っているうちに戦いが始まる。

「ぬんっ！」

カラ爺が大地を蹴り、物凄い速さで槍の射程内まで接近する。続いて目にも止まらぬ一閃が放たれるも、イリアスは構えることなく鞘でその一撃を難なく防ぐ。カラ爺の速度は黒狼族で見た演舞の時と変わりなく、鋭さだけならばあの時以上だ。

「おおおっ！」

咆哮と共に繰り出される猛乱舞、その全てが的確にイリアスへと向かっている。だがイリアスはその場を一歩も動かず、手の動きだけで槍を捌く。どんな動体視力があればあの見えない攻撃の雨を防げるのだろうか、全くもって分かりません。

「がんばれイリアスっ！　カラじいなんかやっちまえー！」

ウルフェ、そんな言葉遣いどこで覚えた。いやこのお爺ちゃん達と一緒にいれば仕方のないことなのかもしれないが後で言っておこう。なおウルフェはカラ爺をあまり好ましく思っておらず、鍛錬の際には本気で攻撃しているとのこと。黒狼族の村で虐げられていたウルフェを助ける時、臆していたウルフェに発破をかける為、カラ爺には悪役になってもらったのだが、その件を未だに根に持たれてしまっている。一応誤解は解いたつもりなんだがなー。

周囲は両者を応援している。さてどちらを応援すべきか。……迷うまでもない、自分の為に勇敢に化物へと挑むカラ爺を応援せずしてどうする！

「頑張れカラ爺！　速度なら負けちゃいないぞっ！」

「……ほう」

突如両者の動きが止まった。いや、止められたのだ。イリアスは鞘を握っていた手の方ではなく、空いた方の手で槍を掴んでいる。しかも使っているのは親指と曲げた人差し指のみ。片手での白刃取りである。なんだその絵面は。魔王みたいな風格出してませんかね、イリアスさん。

カラ爺は槍を動かそうとするが、ビクともしていないようだ。と言うよりカラ爺が浮いている。指の力だけで巨大な槍とカラ爺を持ち上げているのだ。

「……おう、じーざす」

イリアスは手首のスナップだけで、ほんの僅かにカラ爺を宙に放る。それは手を離してすぐに着地されない為のコンマ数秒の時間稼ぎに過ぎない。だがその間、もう片方に握られていた鞘を槍の上から叩きつけてみせた。

「むおっ!?」

大地に足をつけていなければその衝撃は全て本人に伝わる。槍の硬度とカラ爺の防御技術ならダメージこそ防げるが、その勢いまでは殺せない。結果カラ爺は遥か後方へ吹き飛んでいく。以前蹴飛ばされた暗部の悲惨さを思い出す。

咄嗟に視点をカラ爺の方向へ向ける。カラ爺は数度回転するも受け身を取っており、最終的には槍を地面に突き立ててその勢いを完全に殺しきってみせた。

「なんちゅー馬鹿力じゃ、ボルが赤子じゃわい」

カラ爺が顔を上げる。そこには既に鞘を振り下ろしているイリアスが――っていつの間に。間合いまで十メートルはあったはず、走っている姿を見ていなかったけど一足で来たのか。もしかして速さで負けていないと言われて、対抗心燃やしちゃった系ですかね。

「ぬおおおっ!?」

カラ爺は槍を素早く抜き剣を受ける。轟音と共に地面に亀裂が奔り、爆ぜる。

「カ、カラ爺っ⁉」

周囲が土煙で良く見えない。カラ爺は無事なのか。目を凝らして土煙が消えるのを待つ。

土煙の中からシルエットが浮かび、間もなくして両者の姿が映る。カラ爺はイリアスの攻撃を防ぎきっていた。あれほどの衝撃を耐えたのだ。

しかし様子が変だ。両者とも動いておらず、追撃する様子も反撃する様子もない。

「手合わせ感謝する」

そう言ってイリアスが戦闘態勢を解除し、鞘を腰に戻す。カラ爺は防御の姿勢から動かない。まさかと思い駆け寄る。

「だ、大丈夫かカラ爺？」

「……ふ、腰が死んだわい」

そこには剣の一撃により、持病の腰が天寿を全うしていたカラ爺の姿があった。老兵の散る姿と言うものはやはり心に響くものがある。

「カ、カラ爺ぃぃっ！」

その後カラ爺は担架で治療施設へ運ばれた。治療魔法を使えば治るとのことだが、腰の最大体力値はさらに減ったとのこと。すまないカラ爺、今度好きなだけ酒奢るからな……。

「イリアス、つよいっ！」

「強いのは分かるが、もう少しご老人を労わる心を持って欲しいところだな」

「何を言う。カラ爺は絡み手の熟練者だ。半端に打ち合えばカラ爺の戦略に持ち込まれていた」

「相手のペースに持ち込まれた時の鍛錬もできるだろうに」

技のカラ爺を剛の一撃で両断だ。熟練の技を披露することもできず、あんまりにも可哀想である。

ボル爺なんて運ばれるカラ爺に向けて両手を合わせていたぞ。

「それでは……その……どちらが上かはっきり証明できないではないか」

なるほどそういうことなのか。カラ爺の言いたいことも本格的に理解できてきた。これは早めに誤解を解いておく必要がある。

「相性ならカラ爺が一番って言っていたことを気にしているのか？　あれは策略とかを考える上で組みやすいと言う意味だぞ？」

「……どういうことだ？」

「何度か見ていたなら分かるだろ。こちとら理論派でスパッと型にハマる作戦が好きなんだ。カラ爺は役割がはっきりしていて、その上で安定感がある。要所で決める一手として魅力的なんだよ」

「それでは私はどうなのだ？」

「強すぎる。置くだけで戦況が有利に傾く反則技だ」

カラ爺は将棋で言う香車や桂馬のような存在。相手を追い詰める上で詰みの一手に関わる重要な要素である。対してイリアスは飛車と角を合わせ縦横無尽に駆け回り、さらに踏まれようものなら逆に相手の駒を取ってしまう反則駒だ。

「それは評価しているのか？」

「頼もしさなら言うまでもなく一番だ。ラグドー卿の実力は知らないが、イリアスの強さなら何度も見せられているからな」

「そ、そうだったのか。だが私では不満があるように感じたのだが……」

「護ってもらうだけならイリアスで悩むことはない。だけどさっきの話はこちらの行動を補佐してくれる相手という意味で捉えていただけだ。お前は相手との駆け引きで、一方的に相手を倒せる切り札をバンバン使ってやりがいを感じるか？」

「む、それは……」

「そりゃあ国民の未来が掛かっていたり、国の情勢などが関わっていたりとかなら手段を選んでいる場合じゃないけどな」

最初イリアスを抜いてことを進めようとしたが……それはそれ、これはこれである。

「だけど何事においてもイリアスに頼れば頼りになり過ぎるんだ。適度に頼るのはいいとしても、頼りっきりになったらこの世界で生きていく上で自分の為にならない。悪いんじゃない、良すぎるんだからな」

「う……そ、そうだな。確かに頼って欲しいとは思うが、全てを頼られてばかりでは君の為にならないのだな……」

「今の関係でさえ盛大に甘えてるんだ。これで普段から一緒になったらと思えば悩みもするさ」

イリアスの頭に手を置く。本当にこいつはしっかり言わないと伝わらないタイプなんだ。気恥ずかしいが言っておかねばカラ爺が報われない。

「イリアス、お前を自分がダメになる原因にしたくないんだ。それで気を悪くしたのなら謝る。すまなかった」

「……そうか。……私もカラ爺に詫びを入れてくる」

そう言ってイリアスは治療施設へ向かっていった。うーん、これで大丈夫だろうか。

「ウルフェ、今の言い方大丈夫だと思うか？」

日常的な観察の仕方では表に出している感情の上澄みを理解することはできても、その本心までは理解しきれるわけではない。イリアスとは些細な意識のすれ違いが何度も起きているように感じている。互いに良い関係を望んではいるのだが、やはりどこか相手に求めているものに違いがあるのだろう。そう思うと第三者に尋ねてみたくなってしまうものだ。

「うーん、カラじいはいいきみでしたっ！」

「そろそろ仲直りしてあげてくれ……」

「まえむきに、けんとうしますっ！」

「誰がそんなことを――ああ、教えてたわ」

特にイリアスの前でよく使ってる。反省反省。一応言葉通りの意味では自分にできる範囲で好ましい方向へと進んでいく意思を示すもの。しかし実際は断り文句の定番なのだが……。

「ウルフェも、ししょーにイリアスみたいなこといわれたいです」

「イリアス程じゃないにせよ、ウルフェも頼りにしているさ」

「おなじようになりたいです」

ウルフェも成長しており、そして欲を持ち始めている。欲は人が生きる上で活力となる意思だ。ウルフェが独自の欲を持つことは好ましい。強欲になれば周囲が見えなくなり他者への悪影響もあるが、ウルフェの段階ならばまだそういったブレーキを与える必要はない。思う存分欲を抱いてもらうとしよう。

「そうか、すぐには無理でも必ずなれるさ。頑張れよ」

「はいっ！」

「あ、でも暴力に訴えるのはなしだぞ？　師匠との約束だ」

「まえむきに、けんとうしますっ！」

言葉の使い方を地球《こちら》の世界の基準で理解しているのではないのかと本気で思い始めてきた。

しかしイリアスと接していると感じるが、彼女は他者との意思疎通があまり上手ではない。いや、誰かさんが分かりにくいだけと言う可能性もあるのだが、それにしてもである。

幼少に両親を亡くし、周囲はお年寄りだらけ。近い年代の騎士達からは疎まれ、友人らしい友人もいないときている。ああ、そりゃあ対人下手になるのも頷けるな。

こちらも対人スキルが高いと言うほどではないが、当たり障りのない対応はできている。と信じたい。やはりここは例の計画を進めていくべきなのだろう。覚悟しておけよ、イリアスめ。

彼と別れた後、カラ爺の様子を見に行く。既に治療は終わっているが、痛みなどは完全に引くわけではない。カラ爺はベッドの上でうつ伏せとなり、背中には痛みを和らげる魔力を放つ魔石が置かれている。

◆

「なんじゃイイリアスか、坊主と一緒に帰ったのではなかったのか？」

「いや、カラ爺にはちゃんと詫びを言っていなかったと思い戻ってきた。私情に駆られて手痛い思いをさせてしまった……申し訳ない」

「ふぁっふぁっふぁっ！　その様子からして坊主に何か言われたようじゃの。気にするでない、事情は聞いておる。わしとて騎士の立場から同じような真似をしていたじゃろうて」

あの時ヒソヒソ話をしていたのはそれか。カラ爺はこちらの心情を察した上であえて勝負を受けてくれたのか。口で諫めることもできただろうに、自分の浅はかさを恥じるばかりだ。

「そう思いつめた顔をするでない。負けて酷い目にあったのはわしの方じゃぞ。わしの立場まで奪う気かの？」

「いや、そういうわけでは……」

「わしからすれば、お前さんがあの坊主から評価されたいと固執することは嬉しいことじゃて」

「固執……そうかもしれない」

確かに彼と出会ってからというもの、彼に頼られたいと思う気持ち、護りたいと思う気持ちが増していることは自覚している。そして今回もまた、カラ爺と比較されて劣っていると思い自制することができなかった。

「しかしあの場でわしの方を応援するあたり、坊主もえぐい真似をしよる。おかげで死ぬかと思ったわい」

「重ねて申し訳ない……」

応援の声が響く中、彼の声が私ではなくカラ爺に向けられたことに熱くなってしまっていた。手合わせだと言うのに、相手の立つ瀬がなくなるような振る舞いをしてしまった。未熟もいいところ、だがなぜそうなってしまうのかどうも分からない。

「その様子では何故坊主に対して拘っているのか、自分でも分かっておらんようじゃの。知りたいなら教えてやっても良いがの」

「分かるのか？　ならば是非聞きたい」

「ずばり恋じゃな」

「カラ爺。その頻繁に壊れる腰だが、一度完全に壊せば却って良くなるのではないか？」

「待て、冗談じゃ、剣を握るでない！」

全く、人が本気で悩んでいると言うのに。

「わしとて妻子持ちじゃ、恋心くらいは分かるとも。お前さんが坊主に抱いているのはまた別の感情じゃな」

「それは……？」

「憧憬に近いものじゃな。先に言うがお前さんが父に抱く騎士としての憧れとはまた別のもの。持ちえぬものを持つ者への憧れじゃ。父のような騎士を目指すその憧れは、今は届かずともいずれは手にすることができると信じられる境地じゃ。じゃが坊主の場合は違う。あれは騎士の生き方とは根本が違っておる」

「持ちえぬもの……」

「必要とあれば悪の心すら理解する。その道を歩くことを厭わない。騎士の精神とはまた違った強さよな」

そう、彼の生き方は私が信条とする騎士のそれとはだいぶ異なるものだ。少なくとも私はその道を進もうとは思わないし思えない。しかし彼は躊躇無くその道を進むのだ。だがそれは外道を進む彼の生き方に憧れを持っていると言うことなのか？

「そうすぐに葛藤するでないわ。お前さんの騎士道精神は本物じゃて、そこは保証してやるわい。外道に憧れている訳ではない。外道に進める覚悟に憧れているわけでもない。どちらにでもいられる、その在り方に憧れておるのじゃよ」

「もう少し分かりやすく話してもらえないだろうか……」

「お前さんは今の騎士道を抱きながら悪の道も進めるか？」

「それは……できない。できるはずもない」

「そうだとも。それをしてしまえばもはや騎士道ではないからの。じゃがあの坊主は騎士道も理解し、外道も理解できる。お前さんにはできないことができておる。そこにお前さんは差を感じて憧れておるのじゃ」

彼が悪の道に進むことを恐れていた。それは私ならば戻れぬ道だと理解していたからだ。だが彼は平然とその道とこちらの合間を揺らいでいる。確かにそれは真似しようと思ってもできるものではない。そこに憧れに近い感情を抱いていると言うのか……。

「要するに自分にできぬことを平然とやっておるあの坊主に、お前さんは認められたいのじゃよ」

「それは……そうだな、そうだと思う」

頼って欲しい、一番だと思われたい、それはつまるところ彼に認められたいと思っているのだ。自分にできないことをできる彼だからこそ、そんな彼に認められたいと。

「結局は私の未熟さ故なのか」

「そう僻むでないわ。わしとてあの坊主から評価されるのは嬉しいと思っておるぞ。じゃからこそお前さんの手合わせに本気で応じたわけじゃからな」

「カラ爺でもそう思ったのか」

「自分にできぬことをできるのは何も坊主に限ったことではない。例えば陛下とてそうではないか？」

確かに。剣を握り戦う騎士とは違い、陛下は国を導いている。それは私にはできないことだ。だからこそ陛下に認めてもらえることは、より優れた誉れであると認識することができるのだ。

「お前さんは今まで騎士とばかり顔を合わせておったからの。そこへ急に身近な存在としてあの坊主が現れた。お前さんからすれば認めてもらいやすい立場じゃ。欲が出て力が入るのは自然なことじゃし、今のお前さんなら悪いことではない」

未熟な私にとって陛下はまだまだ遠い存在。実力を認めてもらっていることは聞いているが、漠然とした実感しか湧いてこない。本当の意味で認めてもらうには遥か先の話になるのだろう。その点彼はすぐ傍にいて、認めてもらえることへの実感が強い。遠い目標より近い目標の方が意識しやすいのは当然のこと、なのだろう。

「……感謝する、色々と心の整理がついた」

「じゃがその様子では男女としての関係はほとんど進展しておらんようじゃの」

「まだ言うか」

「お前さんはべっぴんじゃからの。坊主とてそういう想いを抱いても不思議ではないんじゃがのう」

残念だがそんな気配はさらさらない。いつも人を暴力人扱いするわ、騎士道精神が面倒だと言わんばかりの態度である。私から見ても綺麗なウルフェでさえも父親のように接している し……む、残念だがってなんだ。

「アレは年上ぶるのが好きなようだからな。私の年齢では守備範囲外なのだろう」

「そうなるとあのユグラ教の美人さん辺りかの？」

ラクラか、彼のラクラへの対応はどうだろう。気は合っているようだが、男女の関係としては……いや、あの扱いは女性に対するものではないだろう。

最初はラクラの方が彼に魅了魔法を使用したとか言う話もあったが、それはあくまで情報を聞き出す為であって……。だがある意味では親しいと見ても良いのだろうか、いや同居を心のそこから嫌がっていたわけだし……。

「女性として扱っている様子はないな」

「そうなるとマーヤさん辺りの年上派なのかのう」

マーヤ……私の母と近い年齢だ。本の一件では距離を置いていたが、思えば最初から仲が良さそうな雰囲気はあった。彼のマーヤへの接し方は非常に温和であり、口調も丁寧だ。そうか、そうだったのか……。

「ありえるかもしれない……」

「そうか……まあ頑張るんじゃぞ」

「頑張るって何をだ」

「そ、そりゃあ坊主が大きく離れた年上の女性を好むのなら、年下のお前さんへの評価はだいぶ低いじゃろて」

「む、確かに……。男女のハンデは今まであったが、年齢でのハンデを受けたのは初めてだな」

彼は私をちゃんと評価してくれてはいるが、普段の態度はそっけない。つまりはそういうことなのか。色々と合点が行き始めてきた。しかし分かってくれれば色々と試してみたい気持ちが湧いてくる。

「よし、色々活力が湧いてきた」

「ううむ、なんだか致命的な誤解を与えた気もするが……まあ良いか。ただ忘れてはならぬが、坊主とてお前さんへの憧れは持っている。そこは忘れぬようにな」

「何、そうなのか？」

「お前さんが外道に走れんのは、騎士道をしっかりと抱いておるからじゃ。それは坊主にはできぬことであると理解すると良い」

「そういうものなのか……」

彼も私と同じで、互いに持ちえぬものを持っていることに惹かれあっている。そう思っても良いということなのだろうか。

「もっとも、坊主が騎士として尊敬している程度で言うのならば、わしの方が上じゃがな。そこはお前さんの精進次第じゃて。それでもお前さんは騎士、胸を張って進むが良い」

「ああ、分かった」

そこに関してはぐうの音も出ない。カラ爺は歴戦の騎士、こちらは未熟な騎士なのだ。今は悔しくとも、いつか見返せるように成長すればいい。

02 さしあたってやりすぎは良くない。

「さあ朝だ！」

扉が勢い良く開かれた音で目が覚める。何事だ、いや言うまでもなくイリアスが部屋に入って来ているのは分かる。

眠たい眼を擦りながら起き上がり、声の方向を向く。はっきりしてきた視界に映るのはやはりイリアスその人だ。いつもならばこちらよりも遅めに起きて眠そうな顔をしているはずの彼女だが、どういったわけか本日は元気いっぱいの模様。ついでに寝巻き姿でもなく、全身鎧装備で準備万端だ。

「なんだ、まだ空が明るくなって間もない時間じゃないか。これと言った用事もないと思うが……」

「今日から私は君の護衛の任をするのだ。護衛対象の一日をしっかり把握する為にも、起床からその様子を確認せねばと思ったまでだ」

いつになく自信ありげなイリアス。修学旅行初日の高校生を彷彿させるテンションを感じる。年齢的には君大学生くらいでしょうに。

「護衛対象の行動を理解する姿勢は立派だが、いきなり起床時間をずらす奴があるか」

「……あ」

あ、じゃないですよ。とは言え今から二度寝を決め込めばいつもの時間に起きるのも難しい。

「仕方がない。半端に目も冴えてしまったし、寝直すのもなんだしな。たまには早起きするとしよう」

体の調子を確かめながらゆっくりと起床する。この世界の言語を理解する為に使用されているマーヤさんの憑依術、その影響で筋肉痛が遅れてやってくると言う副作用が発覚して以来、こうやって軽いストレッチをしながら体調を確かめるのが日課だ。

「……」

入念に柔軟をしている間もイリアスがこちらを見てくる。様子を確認すると言っていたのは分かるのだが、そろそろ察してもらえないでしょうか。

「着替えたいのだが」

「構わんぞ」

「出てけ！」

その後朝食を済ませ、お茶で一服する。居間にいるのはラクラを除いた三名、ラクラは新しい布団のせいか健やかに眠っている最中だ。一息ついたところでイリアスを見ると、目を爛漫《らんまん》と輝かせてこちらを見つめている。

「さて、今日は一日家で勉強するか」

「はい、ししょー」

「待て、何故出かけない」

「窓の外を見てみろよ」

窓の外はやや暗く、さらに言えばしとしとと雨の降り注ぐ音が耳に心地よい。こんな日に理由もなく外出したいとは思わない。

「何が問題なのだ？」

「濡れたくないんだよ。だから今日は家でゆったり過ごす」

「ウルフェもぬれたくないです」

「君は陛下に雇われているのだろう！　雨くらいで休むとは何事だ！」

「マリトからは空いてる日に来るように言われているだけだ。多少なりの賃金は貰っているが、歩合制だからいつ休んでもいいんだよ」

ちなみに話の内容が良ければ小遣い程度、政策などに活かせる場合には相応のアイディア料を貰える形となっている。食事が出るのはありがたいが、別段毎日通いたい程ではない。マリトが喜ぶ顔でご飯は進まないのだ。

「今日君が陛下に話した内容が政策に組み込まれれば、民達の生活は一日早く改善されるんだぞ」

「それで雨の中出かけて風邪を三日引けば、二日改善が遅れるんだよ。マリトにも普通の仕事はある。強引に仕事を増やしたら負担が増えるのはマリトだぞ」

「むぅ……しかし護衛初日がずっと家の中と言うのは……」

「そう肩肘を張ってくれるな。これから毎日その調子で護られたらお互い疲れるだけだぞ」

「それはそうだが……」

それでもイリアスは納得する気配を見せない。普段鍛錬と警邏ばかりの騎士生活、その変化に心躍る気持ちは分からないでもない。だが一肌脱いでやるかどうかは別の話。これも人生なんだよと諦めさせた方が良いまである。

「ししょー、ウルフェはおしろいきたいです」

「この雨じゃ今日は鍛錬も――そうだな。マリトもたまには連れてきても良いと言っていたし行くとするか」

「はいっ！」

「そういうわけだ。行くぞ、イリアス」

「あ、ああ！」

さっきまでの発言はどうしたと思われていそうだが、ウルフェがわざわざ空気を読み、イリアスの為に外に出ようと言っているのだ。二人分の意思を無視するわけにもいかないだろうさ。無難に生きたがる人間とは民主主義の結果には弱いのです、はい。

支度を済ませ、いざ出発と言うタイミングでラクラが起床してきた。眠そうな目を擦りながらふらふらと歩いてくる。

「ふわぁ、おはようございます皆さ――」

「よし、総員走れ！」

「へ？　ちょ、ちょっと待ってくださいっ⁉」

そんなわけでマリトの執務室へ到着。ゆったり来たせいもあり、マリトは丁度手が空いたところであった。

「それで今日は大勢で来てくれたわけだね。ユグラ教のラクラまで来るのは予想外だったけども」

「すまん、家に縛り付けてこようとしたら抵抗された」

「私だけ除け者にしないでくださいっ！　それにしても立派な執務室ですね。ユグラ教の大司教達の執務室はどこも狭くて質素なんですよー」

視線だけとは言え、王様の執務室を物色する行為はいかがなものかと思う。比較対象もそうだし。

「ああ、それは話に聞いている。今の法王、エウパロ法王が質素を好んでおり、他の者達もその影響を受けているそうだな。この部屋は歴代の王が使っている場所、多少広く感じるがわざわざ狭く改築する必要はないだろう」

「それでも六人もいれば手狭だけどな」

「それは仕方ないよね、あと五人だよね？」

見えない手が肩をポンポンと叩いてくる。そういえば暗部君のことは伏せねばならないのだった。イリアスまでなら許容範囲かもしれないが、ラクラには伏せておきたい模様。わざとらしく周囲を見渡す。

「ああ、いつもいるラグドー卿はいないのか」

「いつもいたのは君が来ていた期間が特別な時期だったからだよ。普段は忙しくあちこち回っているね」

「……マリト陛下は尚書様に対して、随分と口調が砕けていますね」

「数少ない友人だからな。公式の場でもない限りはこういう接し方を意識している」

それは構わないのだがちょくちょく口調を切り替えられると、聞いている方としてはややこしいんですがね。ラクラに関してはそのうち打ち解けそうな気がしないでもないが、他国の人間だしどうだろうな。

さて、だだだらだらと雑談していても仕方がない。本日やってきた理由はイリアスに普段の生活を見せる為だ。マリトに地球文化の話を振ることにしよう。

「雨で思いだしたが、この世界では天気予報を行わないのか？」

「天気の予報と言うことは事前に天気を読み、それを伝えてまわると言うことかな。そちらの世界ではそんなことをしているのかい？　天気なんて世界の気まぐれだろうに」

「天気を変えることはできないが、雲の動きから八割前後の的中率を持っている。それを様々な方法で知り、人々は天気に備えている形だな。他にも気温の変化なども予測しているぞ」

「ふむふむ。雨雲を見ればその後の雨を警戒することはできても、その日一日の天気を予測することはできないものだと思っていたけど、そちらではできるんだね。確かに当日の天気の流れが分かるなら、前もって準備をすることもできる。便利と言えば便利なのか」

「人工衛星――そうだな。無人の櫓を雲の上に設置して、雲の流れを絵にして地上で観測し、先の天気を読んでいるといった方法だな」

「過程の技術は良く分からないけど、空から雲の動きを常に監視できるなら天気もある程度予測はできるだろうね」

ユグラ教の秘儀で音声通信ができる程度だ。ファックスのような技術もあるにはあるのだろうがこれらの普及はまだ先だろう。しかしマーヤさんの憑依術等を考慮するに、魔法を使った代わりの手法などもできなくはないのかもしれない。何せリアルタイムでの完全翻訳可能なシステムだ、これは地球《こちら》の世界でもまだ完成していない高度な技術とも言える。

「尚書様の世界では色々なことが可能なんですね」

「一番の要因は魔法が存在しないことだな。一応完全否定はされていないが、証明もされていないレベルだ。それだけに人々はその状態での文明を発達させている」

「魔法がない世界かぁ、不便そうだねぇ」

「その不便をどうにか改善した結果、色々できるようになったわけだがな」

この世界における欠点、それは魔法と言う超常現象が存在しておきながら、それを各国が積極的に研究していないと言う点だ。戦争や医学の発展により文明は進化してきたが、そこに魔法が絡むおかげで精密な研究が進まず、魔封石という存在によりその発展にブレーキが掛けられているのだ。戦争頻度も低く、他国への競争心も大人しい。これでは文明の発達が緩やかなのも仕方ない。ユグラ教が魔法を特異な手法として利用しているのは、将来に再び魔王が現れるかもしれないという意識があるのだろう。

「そうだ、今日はせっかく来客が三名も増えているのだ。それぞれ異世界の文明で聞いてみたいことがあれば質問してみると良い」

なるほど、こういったプチサプライズでも使い道はあるんだな。もしかすると予想外の方向からの質問があるかもしれない。そう思い、三人を見る。最初に挙手したのはラクラだ。

「『犬の骨』では尚書様が嗜好品である塩を用いた料理を定着させていましたよね。そちらの世界では料理の文化はどういった感じなのでしょうか？」

「そうだな、そこは大きな違いの一つだな。地球《こちら》では一日二日もあれば世界中のどこにでも飛び回ることができる。食材も同様に手に入れようと思えば手に入る物が多い。それ故に各国の風習と異国の文化が交わり、独自の変化を遂げている」

「ふむふむ、チキュウとは案外狭いのでしょうか」

「この世界の広さを知らないが、故郷である日本は地球において六十番目前後の広さの国だ。それでもターイズ領土より何倍も広いからな？」

「六十番目っ⁉」

「二百を超える国があり、総人口は七十億を超えているからな」

この世界の広さが地球と同じだとしても、食糧事情を考えれば人口は遥かに少ないだろう。窒素肥料とか開発されてないと食料供給が足りなくなるからね。

「そんなに巨大なのに一日二日で……」

「地球《こちら》の世界で説明するとだな……数百人が乗れて空を飛ぶ船が日夜飛び交っている。もちろん普通の船でも二千人以上乗せられる大型な物もある」

「めちゃくちゃな規模ですねっ⁉」

いや、人は時速二十キロ出すわ馬は軒並み競馬レベルだわで、こっちの世界の移動技術もおかしいレベルなんだよな。時代背景で揃えたらこの世界の方が圧倒的に先進国なのは言うまでもない。

「そんなわけで食文化については常時他国の食材を利用でき、共に発展に力を入れているだけあってその進歩は早いって感じだな。次の質問はあるか？」

「はいっ！」

「ウルフェか、なんだ？」

「ウルフェのむらみたいなところはあるんですか？」

なかなかシビアな質問が飛んできた。だが確かにウルフェにとっては気になるところではあるだろう。

「まずチキュウの特徴として亜人はいない。ただ地域によって日差しの強い弱いなどで寒暖差が大きい。その影響により肌の色が白かったり黒かったりとその差はこの世界よりまばらだ。昔は肌の色での差別が酷かったな」

「いまはどうなんですか？」

「公では平等だ。だが過去の風習が完全に消え去ったと言うわけではない。是正に向けて目下奮闘している」

人種、性別の差別は歴史が生み出した傷跡のようなものだ。完全に消えることはないのだろうが、悲しむ人がいなくなるまでは改善されてほしいものだ。

「すごいです」

「ああ、凄いもんだ。ちなみに文明の発達の程度で言えば、ウルフェの村と同じような村が存在する地域もある。そういった部族達は自分達の文化を守りながら上手くやっている」

「ししょーのうまれたところはどうなんですか？」

「出身は日本という国だ。人口が一億そこらだが田舎もあれば都会もある。人種的な差別はないが男女差別、年齢差別、役職差別等は適度にあると言ったとこだな。国王制ではなく民からの代表者を投票で決め、その者達が日々議会を開いて国の行く末を相談している」

「その辺は実感できないんだよねぇ」

王様ですものね、貴方。人口もまだまだ伸び途中だ、余裕を持たせられる者は少ないだろう。

「国民全員が六歳から九年間の義務教育、その後は自己選択で三年間の学習、その上には四年、さらに数年と言って学問を習得する機会が多いからな。ある程度の才能があれば努力と運で一定の地位を目指せるようになっている」

「家業に縛られたりはしないんだね」

「そういう面もあるにはあるが、親が子供の人生を決めたりする傾向は減ってきているな。込み入った話に関しては、もう少しウルフェがこの国の知識を身につけた時にでもしよう。比較できるものがあれば理解も早まるからな」

「はいっ！」

とは言えあまり地球《こちら》の世界の常識に毒されるのは避けたいところではある。この国のシステムに一々違和感を抱えていては、生きていく上でストレスになりかねない。

「最後は私か、ふむ……君の世界の兵力はどうなのだ？」

「単刀直入に言うがお前みたいな化物はいないからな。技量だけで言えば近しい者はいるかもしれないが、魔力での強化と言う手段がない以上身体能力には限りがある」

「確かに魔力強化なしとなると辛いものはありそうだ。ではターイズと君の国が戦うことになれば、やはり我々が圧倒することになるのか」

「基本戦争なんて好んで行わない時代だから相当特殊な仮定となるが……地球《こちら》が本気になれば……まあ三日もあればマリトが全面降伏するだろう」

「なっ⁉　だが君らの軍では私達騎士団に手も足も出ないのではないのか？」

「そうだな、だがやりようはある。イリアス相手にもなればそれでも辛いが、普通の騎士達なら十分殲滅は可能だ。お前一人で勝ち続けても戦争じゃ勝てないだろう？」

イリアスは戦車の砲撃にも耐えるかもしれないが、他の面々が同じゴリラというわけではない。銃火器も有効だろうし都市戦にも対応は難しい。だったらイリアスは放置してさっさと飽和攻撃を行い、決着をつければいい。

「それは……」

「そのまま村や本国を戦場に押し上げてしまえば、あとはマリトの心が折れるか民がいなくなるかの競争だ」

「民を割合で削られていったら流石にどうしようもないね」

「だが日本は平和主義だ。自国を護る為の武力以外は持たないようにしている。他の国になればもっと容赦がないがな」

日本人が他国への侵略を許すかと言えば今の段階では難しい。ファンタジー世界ともなれば世論の声も厳しいでしょうしね。

「もしも君の世界と我々の世界が行き来できるようになれば、それはそれで大変なことになるだろうね」

「希望的観測には過ぎないが地球《こちら》の世界は戦争を好まない傾向にある。初手で地球《こちら》への大虐殺を仕掛けたりしなければ温和に済むだろうさ。幸いなことにマーヤさんの憑依術があれば意思疎通はこんな感じで容易にできるわけだからな」

「意思疎通ができればターイズと黒狼族の関係のように立ち回ることはできると言うことだね」

国王の前ともあってそういう言い方は避けていたのだが、その通りだ。互いに蛮族でない上に意思疎通が図れれば自制は難しくないだろう。文化による磨耗は生まれるが、地球《こちら》の世界はそれらを経験してきた歴史がある。ならば問題はないだろうと言うのが客観的な意見だ。ただ橋渡しがどの国になるかで事情は変わる。日本ならば平和的に進むが他の国はどうなることやら……。

「まとめるなら個の強さはこの世界が水準的に上。総合的な戦力としては地球《こちら》の方が上と言う感じだな」

「やや納得はできないが……君が言うならそうなのだろうな」

「そりゃあこちとら一般人だ。それでも成果を出しているとなれば専門家の能力の高さが理解できるだろう。地球《こちら》の世界には犯罪の項目ごとに専門家がいるような世界だからな」

素人を重宝しているような状況だ。これが科学者だったら今頃城に軟禁状態にされていただろうな。

「それは……確かに」

「せっかくだし聞いておこうか、君はどの辺の人間なのかな?」

「街に住む一般人だ。多少は頭を使う程度のな」

「うへぇ、人外魔境だなぁ」

「それはこっちの台詞なんだがな」

個の生存能力では比べる土台にすら立てやしない。戦争になれば勝てるだろうが、漏れなく全員が精神的トラウマを植え付けられるだろうよ。

「物騒な話はこの辺にして、いくつか掘り下げて行こう。天気の話で出た櫓から絵を転送するといった仕組みには多少興味が湧いていてね。君にできる範囲で詳しく解説ができないかな?」

「マリトが納得できる範囲になると二進法から説明した方が良いか。一とゼロの組み合わせから始まって――」

そんな感じでより細かい話を始める。この辺になると図を利用した解説も始まり、聡明なマリト以外話についてくるのは難しく、静かに話を聞くことに専念してもらうことになった。なおラクラは眠り出したので外に放り出した。

画像を数値に変換、それを電気信号にて受け取り手側に送り、それを再度画像として出力すると言った仕組みを理解させ、その電気信号の仕組みとはなんぞやと言ったところまで話は進み一段落した頃には良い時刻になっていた。事前にプレゼンする資料を用意していれば数時間程捗ったのだが、都度に質問が増える為用意を万全にすることは難しい。

そんなこんなで仕事も終わって帰り道。雨は羽織っている合羽の存在意義を問いたくなる程度に勢いを失っていた。

「結局国で一番安全な場所で時間を潰すだけになったわけだが、イリアスとしてはどうだった？」

「そう言われると護衛と言うよりは観察に近かったな……だが有意義な話が聞けたと思う。陛下が君を雇いたがる理由も分かった」

「マリトが言った通りこの世界と地球《こちら》の世界での行き来が自由になれば、すぐにでも御役御免になるんだがな」

専門家を呼んで話を聞けるならば、もはや異世界の一般人に王様に気に入られる要素などない。ましてや今のように騎士様に護衛されることもなくなるのだろう。そう思えばこの世界の発達する想像も少しばかり遠慮願いたいと思うのであった。

「だが君は今この時、この場で役立っている。そこは変わらない。未来にそうなったとしても陛下は君への感謝を忘れないはずだ」

「……そうだな」

少しばかり実利的な思考に囚われて卑屈的になっていたようだ。そうだよな、マリトみたいな奴が恩を忘れるわけがない。

「んーっ！　良く眠れましたっ！　尚書様のお話は安眠できる力があるのですねっ！」

「こいつはもう城に連れていかねぇ。と言うか教会の仕事も与えられない状態って、完全無職じゃねーか」

「そうなんですよねぇ……法王様がいらっしゃれば、一緒にメジスに帰って魔物狩りに戻れるのですが……もう路銀が足りないんですよぉっ！」

ラクラは戦闘においては優秀らしい。司祭なのもその実績があってのこと。その他が酷いのだから その実力は相当なものと見てよいだろう。だがターイズには魔物の被害はほとんどない。あっても村に常駐している騎士で処理が間に合っている。

事務に関してはこの国の最高責任者から教会を追い出される程度の腕前だ。何らかの才能があれば何かしらの斡旋もできなくはないと思うのだが……。戦闘技能を活かして騎士達との訓練相手になってもらうか？ だがそれで給料が出るのかといえば難しい。戦闘顧問と呼べるほどに優秀なのかと言われると謎だ。

ユグラ教の技を教える講師としては……流石に不用意な技の流出は控えるべきだろう。やはりここはラクラのポンコツの理由をきっちり理解して、その上で可能な仕事を見つけてやるしかないだろう。

「ラクラにできる仕事を考える仕事をするか……得にならないな」

「尚書様、養ってくださっても良いのですよ？」

「……売り飛ばすか」

「本気の目っ⁉」

◆

本日は忙しい中マーヤさんにも時間を貰い、教会にて話し合いの場を設けさせてもらった。その議題内容は――

「では本日の議題、ラクラのポンコツを治す方法について始めていきます」

「そんな天変地異みたいなことが⁉」

「マーヤ様っ⁉」

なお今回の討論はイリアス家のメンバーにマーヤさんを加えたメンバーでお送りします。まあウルフェには本を読ませているので実質は四人での討論だ。

「ラクラには完全なポンコツではなく長所もあります。そこでいつものをやった上でラクラを分析してみようと思います」

「いつものと言うと相手を理解するということか」

「その通り。やらかしている大惨事には目を瞑り、ラクラという一個人を理解した上で正しい登用法を見つけるつもりだ。マーヤさんに時間をいただいたのはユグラ教での視点が欲しい為です」

ラクラの自己申告も大事ではあるのだが、やはり第三者視点も有益な情報となるのです。

「なるほどね、分かったわ」

「私としては尚書様に養っていただければそれで十分なのですが」

「ラクラ、椅子の上で正座」

さて、まずはラクラの経歴を聞くとしよう。

ラクラ＝サルフ、年は二十五歳独身。メジスにあるユグラ教が運営する孤児院にて拾われる。比較的他人との交流を好むが、ある程度まで関係が深まると相手の方から疎遠になり始める。具体的な理由としてラクラは孤児院の頃からハプニングを起こしており、大抵周囲の人間が巻き込まれている為である。とは言え無視されたり虐めを受けたりと言ったようなことはなく、適度な交友関係を持ちつつ順調に成長。

孤児院を出た後はユグラ教の聖地である大聖堂で勤務する聖職者となる。聖職者を目指した理由は、過去に出会った聖職者より素質があると言われたことが切っ掛けで興味を持ったのだとか。しかし細かい作業などが苦手で事務作業はほとんど絶望的、仲間からは避けられ、常に上司から怒られる為逃げるように実戦訓練に没頭していった。その頃に一通りの魔法を習得している。

最初にラクラの実力に気付いたのはウッカ大司教。ラクラの鍛錬を目撃し、その筋の良さに気付き弟子に取る。ただウッカ大司教は普段から他者とのコネクション作りに忙しく、ラクラへの直接指導はほとんどなかった。『この基礎をやっていれば良い』『できるようになったか、じゃあ次はこれ』『忙しいのだ、鍛錬を見ている余裕はない……そうだ、これを練習しておくのだ』などと言った単発的な指導の下、ラクラはその能力を磨き上げていく。そして初めての魔物退治にて規格外の優秀な実績を残し、一気に司祭まで上り詰めた。

だが相変わらず他のことがてんでダメであり、他の大司教のグループに関われることもなくウッカ大司教の部下として現在に至る。

「ウッカ大司教はコネクションには秀でているけど、他の才能が乏しくてね。でも全てを努力で平均水準までには伸ばしているわ。何もかもが人並みでも大司教でいられるのは、その努力の賜物ね」

「ラクラの上司らしく特化型の人間というわけか。しかもラクラと違ってポンコツではないと」

「そうねぇ、だけど調子に乗り出すと大抵やらかすのは良く似ているわ」

努力家なのに慢心しやすいとはなかなか稀有な人間だ。成功の味を知ってしまったが故の堕落なのだろうか。ラクラにいたっては成功すらしていないでこの有様なのだが。

「それで坊やはラクラについて分析できたのかしら?」

ラクラに視線を向けると、正座の影響で足が痺れて地面に倒れている。なんだかやる気がなくなりそうになるが、奮い立たねば。

「ええまあ、大よそは。ラクラは悪く言えば複数のことに対応できない、良く言えば一つのことに対して極限にまで集中できるタイプですね」

現代では発達障害と呼ばれる症状のひとつに近い。障害のレベルによってはコミュニケーション能力などにも影響を及ぼす症例だが、ラクラの対人スキルは常人とさして変わらない。軽度と言うより似て非なるものだろう。どちらかと言えば才能の形が特殊と言うべきか。そして彼女の人生はそれを上手く活かせてきた結果だ。

「ひとえに仕事と言っても複数の工程があります。ラクラはそういった仕事の切り替えの連続が続くと、集中力を維持できなくなる傾向が見られました」

ラクラがイリアス家に来た時に掃除を任せた際、何度か叫び声が上がった。これは作業中にハプニングが起きていたからなのだが、その叫び声にはある程度の間隔があった。

掃き掃除、雑巾がけ、道具の処理と作業を切り替えるタイミングで集中力を切らせてのトラブルだ。

だがそれぞれの工程はしっかりと行われている。部屋を見たがとても丁寧に掃除されていた。

他にも『犬の骨』で食事に集中するあまり、酒への自制が効かなくなったりしている姿も確認できている。

「ウッカ大司教の教え方も効果的でした。複数のことを一度にさせるわけではなく、一つのことを極めさせてから次の工程に移らせていた。だからラクラは短期間であらゆる魔法を習得し、実践の技の錬度が高い」

「そうね。でもその推論だと戦闘が秀でているのは不思議じゃないかしら？　実戦では単調な作業だけでなく様々な行動をとらなければならないのよ？」

「そこはラクラがきちんと成長していることが分かる点です。ラクラは単調な鍛錬を続けて、様々な技能を自分の手足と同じくらいに順応させていた。そうなれば戦闘で行う各工程はラクラにとっては手足を動かす程度のもの。つまりは戦闘という一つの工程に集中できる状態だったと見て良いと思います」

もしも鍛錬が未熟であれば複数の工程の組み合わせと認識して、ラクラは実戦でも大惨事を起こしていただろう。だが事務経験などの壊滅的酷さから逃げたラクラは鍛錬のみに専念し、一つ一つの工程を完璧に習得した。ウッカ大司教の単発的な指導方針も彼女にはドンピシャだったのだ。結果習得した一工程は一動作へと格下げとなり、動作の組み合わせの戦闘を一工程として集中することが可能となったのだろう。

「恐らくですが戦闘中に攻撃と支援を切り替えさせたらラクラは即自滅すると思います。初陣ではそういった切り替えを指示されることもなかったのでしょう。だからひたむきに戦闘に集中できたラクラは他者よりも成果を出すことができたんだと思います」

「なるほどね。それじゃあそれを踏まえた上でラクラに仕事を任せるには――」

「はい、単純な工程一つを延々と任せれば人よりも効率的に動けるはずです」

マーヤさんは腕組みをして暫く考え、そして何かを思いついたのか裁縫道具を持ってきた。用意された物を細かく見ると、刺繍の道具もある。

「坊やの言っていることが本当なら、一つのことに集中させれば良いのよね？　ラクラ、しばらくこれをやってみなさい」

そういってラクラに刺繍セットを渡し、図案の絵を見せる。うお、なんだこの凝った建築物は。

「あ、大聖堂ですね！　これを作れば良いのですね？」

早速ラクラは作業を開始する。糸に針を通す段階から周りの道具を地面に落としたりするものの、作業に入り始めてからは黙々と作業を行う。いや、それだけではなく速い、むしろおかしい速度だ。

最初こそゆっくりだったのだが、今ではミシンで作業しているような速度で糸が布の上を泳いでいる。と言うかもう図面すら見ていない。間もなくして図案通りの見事な刺繍が完成した。

「できましたっ！」

「……なるほどね、凄いものだわ」

「通常の業務などができない欠点はありますけど、使いようによっては数人分の仕事をこなせると思いますよ」

ただしラクラがポンコツなのはそのままだ。それは能力的な意味ではなく――

「これならラクラにも任せられる仕事を考えられそうだわ」

「本当ですかっ⁉　あ、でも今の生活みたいに尚書様に養ってもらえたらなぁー……ちらっ」

こいつは精神的に堕落しているのだ。集中力の欠如だけではなく、短絡的かつ楽を好む精神構造をしているのだ。それ故に楽だからと自分でも嫌だと認識している魅了魔法を躊躇なく使ったり、本の捜索の際に自分からの意見をほとんど言わなくなったりなどの行為が見られたのだ。これぱっかりは擁護できん、ウルフェの前では尚更である。

「イリアス、今日から家賃と食費をきっちり回収しろ。ウルフェの分はこっちが出す。払えない奴は追い出せ」

「そんな尚書様っ！　私は養ってくださらないのですかっ⁉　私達の仲なのにっ！」

「うるせぇ、お前との仲が夫婦になっても生活費と家賃は出させるわっ！」

「そんなぁっ！　夫婦になるのならせめて家賃だけでもっ！」

かくしてラクラはユグラ教の教会にて再び仕事をもらえるようになった。だがマーヤさんはラクラの回収を拒否、イリアス家にはポンコツ聖職者が居座ることとなる。マーヤさんがラクラを追い出したのは、彼女の精神的なクズさを本質的に感じ取っていたからではないでしょうかと推測する。

「なるほど。ラクラからは何か不健全な気配を感じていたけど、そう言うことだったんだね」

異世界学習の休憩がてらにマリトにラクラの経緯を話す。マリトも薄々ではあるがラクラの堕落した面を感じ取っていたのだろう。

「君が彼女へ向ける言葉がやや辛辣だったのが気になっていてね。最初はラッツェル卿と同じで仲が良いだけかと思ったが、どうも扱いに杜撰《ずさん》さを感じていたんだ」

「そうなのか、自覚はなかったな」

言われて思い出してみれば、ラクラへの言葉遣いが砕けてきたのは彼女のダメな面を感じ取っていた辺りからだ。本能的に感じ取っていたのだろう、自分の対人センサーもまだまだ現役の模様。

「それにしてもいい場所だな」

いつも室内は息が詰まるとのことで、現在は城の中にある庭園を散歩している。広さもさることながらその手入れの度合いは実に見事で、自分は西洋世界にいるのだなとしみじみと実感できる。

「だろう？　俺の自慢の庭園なんだ。素人目でも職人技が分かるだろう？」

「ああ、地球では西洋――西の大陸で好まれる大掛かりな庭園と良く似ている。世界でも誇れる庭園を見たことがあるが、ここはそこにも負けていないな」

「そうだろう、そうだろう。あ、でもその言い方では君の国ではこう言った庭園は見られないのかな？」

「ああ、日本では華やかさよりも侘び寂びを重んじた庭園が多い。質素で物足りなさを感じながら奥深い、不足の美を感じさせるものだ」

「豪華であれば良いと言うわけでもない。花の咲かない時期の庭園にも良さがあるように、そういった面を押し出していると言う感じかな」

「そういう感覚でいいな。実際その目で見れば感嘆の声が漏れるだろうが」

やはり石庭と言った物は言葉で説明するよりも、その場で眺めて初めてその良さが伝わる。以前石庭の模様を作る光景をテレビで見たことがあったが、もう少ししっかり覚えておけば良かった。一朝一夕で真似できるとは思えないが、感覚を伝えることくらいはできたかもしれない。

「他には鉢の上で小振りな木々を育てる盆栽と言うものがある。野外の木々を小さな鉢で再現すると言うのは、老後の楽しみとして非常に味わい深いものだと思うぞ」

「それは面白いね。室内でもできるかな？」

「日光が入れば大丈夫だとは思うが……ああ、この世界なら魔力も栄養源になるし、代用はできるかもな」

「なるほど、自分の魔力を与えて植物を育てると言うのも面白そうだ。黒狼族の暮らしている森には希少な植物もある。今度手に入れてみようかな」

面白そうではあるが、冷静に考えると自分の体液で植物を育てることと同じ……うん、違うものだと割り切ろう。

「環境が違うと育成は大変だろうがな。ああ、植物で見事と言えば『黒魔王殺しの山』に生息していた木々は特に美しかったぞ。水晶で作られたかのような木々が、夜には美しく発光していた」

「伝承には聞いているけど流石にそれを手に入れるのは気が引けるなぁ。生きて戻れる者がいない死の山なんだ。騎士達に取りに行かせたら王としての評判が下がりかねないからね」

魔力を持つ者を一方的に捕食するスライムが生息する山。そこにある植物を取って来いと言うことは、言うなれば死者を出せと言うことだ。かぐや姫の五つの難題に近いものを感じる。魔力のない人間ならばその脅威はある程度下がるのだが、だからと言って行きたくはない。この世界で該当するのは子供くらいだが、彼らに命がけの冒険を強いるような王ならその国の命は長くはないだろう。

「でも一度で良いから見てみたいものだ。やはり素晴らしかっただろう⁉」

「ああ、初めて見たこの世界の風景だったが、一目で異世界だと実感できるほど幻想的な場所だった」

マリトは心底羨ましがっている。植物の話で盛り上がる二人を静かに見ているのはイリアス。テンションの違いは一目で分かる。

「イリアス、退屈そうだな」

「いや、陛下と君が楽しそうなのは分かる。ただあまり共感はできていないと言うかだな」

「ラッツェル卿も木々の良さは分からずとも、花を愛でる時くらいはあるだろう？」

「いえ、その……ああ、武器ならば目を引かれ愛でるときはあります！」

暫しの沈黙。顔を見合わせればマリトが悲しい顔をしている。多分こちらも似たような顔をしているのだろう。

「人それぞれだよねぇ……」

「そうだな……」

「？」

首を傾げるイリアスを前にして、ウルフェには自然の美しさを教えてあげようと心に留めておくのであった。

「話は変わるが、君は年齢的には家庭を持っても良い頃だ。見合いなどに興味はないかい？」

「凄い唐突だな、だけどそれはマリトにも言えることだろう」

いやむしろ跡継ぎの必然性を考えれば、誰よりも急がねばならない立場だろう。こう言った王族はこの年齢なら既に婚約者くらいはいても不思議ではない。

「そうだね、周りからはいつも言われてるよ。だけどなかなか好みの女性がいなくてね」

「見合いはやってるのか」

「時折食事会に顔を出しては貴族の娘達と会話しているね。ただまあーこれだって娘には出会っていない」

「そういえば地球でこの時代背景だと一夫多妻もありだが、現代では重婚は違法になっている国ばかりだ。こっちではどうなんだ？」

「重婚は別に違法ではないね。王が複数人妻を娶るのは、跡取りを確保するために必要なことだ。俺も周りから第三王妃くらいは用意しろと言われているよ。有力な貴族にも複数の妻を娶る者はいる。とは言え基本は一対一だね」

一人でも急かされると大変だと言うのに、三人ともなると大変だろうな。こちとら女性の知り合いでさえ両手で数えられる範囲だ。

「話の流れで聞くけど、マリトには腹違いの兄弟とかはいるのか？」

「ああ、父は三人の王妃を娶っていて、俺は第一王子だったよ。あとの二人は女しか産めずに妹が四人程いるかな」

腹違いの妹が四人……別のファンタジーっぽさを感じるな。ファンタジーと言うかアニメと言うか。

「誰を世継ぎにするかでは揉めなさそうだな」

「そうだね。男が俺しか生まれなかったことを天啓と信じて、父はあっさりと王位を譲って隠居したよ。男女関係なしに王に向いていたのもあったけどね。ほとんど問題も起きなかった」

第一王子が優秀であり、他の世継ぎは女のみ。そりゃあ周囲の反対もほとんどなく王になれただろう。

「未だに一人にも会えていないが、もう嫁いだりしたのか？」

「ああ、父とその王妃達は皆城の敷地内の離れに住んでいる。妹達は好きな相手に嫁いだり、冒険者になったりでこの国を離れた」

「冒険者になったのかよ」

「政略結婚も視野にはあったが、さしたる旨味のある国もなし。好ましい国は既にいい歳の王だったり王子が幼すぎたりで時期が悪くてね。国に残すくらいならば好きに選べと言った結果だよ」

一般的な王族の風習を考えれば破格の寛容さだ。だからこそ後腐れは少ないのだろう。ただそうなるとマリトに何かがあった場合の保険が足りていない。周囲が妃を求めているのも納得できる。

「そこで話は戻るけど食事会に君も参加しないか？　毎度毎度虚しい見合いを一人で続けていると精神的に参りそうでね」

「貴族の娘か、礼儀正しい子が多そうだな」

「表向きはね。でも腹に一物を抱えているか、とんだ世間知らずのどちらかだ。愛でられるかと言われると正直ね」

そりゃあそんな場所でマリトに接してくるのは妃の座を狙う女性か、親の意思によって参加させられている箱入り娘と言った手合いだろう。ラクラのように食事とかお酒目当てで現れる可能性もあるがそれはノーカン。

「そう言われるとあまり気乗りはしないな。迂闊に手を出していい相手でもないだろうからな」

「見た目麗しい娘は多いから眼福にはなると思うよ」

「ふむ」

そういうことなら確かに付き合う程度なら構わないかもしれない。表面上だけとは言え、心の癒しになる可能性は大いにある。仕事柄上流階級のお嬢様方と出会う機会はあっても、親しくなれるような人生とは無縁だったわけだし。

「しかし陛下、彼は若い者より年上の者を好むので難しいかと思われます」

「え、そうなの？」

イリアスの突然切り込んできた発言に一瞬唖然としたが、はっと我に返る。一体何を言い出すんだこいつは。

「イリアス、いきなりなんだ。マリトに誤解を植えつけてくれるなよ」

「……違うのか？　私なりに君を見ていて至った結論なのだが」

「その過程を聞かせてくれ」

「君が接している女性への態度を見るに、マーヤのような年上の女性が好みなのかと」

「そりゃあ目上にはちゃんと接するぞ。マーヤさんが守備範囲なのかと言われたら範囲内ではあるが、年上好きと言う訳じゃない。守備範囲は広い方だ」

「なん……だと……」

驚きの顔を見せるイリアス。お前本気でそう思っていたのかよ。そしてマリト、声を殺して笑ってるんじゃねぇよ。

「いやしかしだな、君が接している女性への対応を見るに――」

「ウルフェは面倒を見ると決めた立場なんだから、そう言った目では見ないようにしているだけだ。ラクラは見た目こそいいが中身が酷いからあの扱いな」

まあ魅了魔法を使われた時はちょっと期待してましたけどね。すぐに幻滅したけど。

「わ、私はどうなのだ？」

「お前は脳筋だからなラクラに近い。ああ、見た目は好きだぞ」

「そ、そうなのか」

「そもそも最初にウルフェの面倒を見る際に、ベッドに潜り込まれては自制が効かない云々の話をしただろうに」

あとサイラにウルフェの服を仕立ててもらった時もそうだ。露出の多い服は流石にドギマギする。イリアスの鎧姿に慣れていればなおのこと。そういう意味ではイリアスと一緒にいるのは安心できるのだ。

「……そういえばそうだったな」

「まあ邪な目では見てないから安心しろ。大体お前は女扱いされるのは嫌だろ。その辺多少なりとも気は使っていたんだぞ、最初だけな」

「最初だけって……今はどうなのだ？」

「男女関係なく力技で全てを済ます奴だと思っている。一応意識の片隅に性別が女だと言う認識は残っているかなと言うくらいだ」

「むぐぐ……」

最初の頃はイリアスの境遇を聞いて、女性扱いすることを避けようとしていた。これは本当だ。だがしかし、山賊やら森やらを薙ぎ倒している姿を見ているうちに『ゴリラだ』という感想しか湧いてこなくなっていた。これらの記憶を完全に消去した上で見る分には綺麗な女性であると認識できるのだが……。そしてマリトはいつまでツボに入っているんだ。

「なるほどなるほど。ラッツェル卿が女性でありながら今の立場にいることに何の不満も示さない理由はそれか。これは愉快だ」

「ひとしきり笑いやがって、大体読めたぞ。お前こっちに家庭を持たせてターイズに繋ぎ止めたいとかそんな魂胆だろ」

「もちろんだとも。本の内容が分かった以上、君がこのターイズに留まる理由もないからね。だが俺としては君がターイズに必要だと思っている。欲しい者の為ならば手も回すよ」

面と向かって欲しいと言われる行為は嫌いじゃないが、男に言われるよりかは女に言われたい。イケメンに言われると特にそう思いたくなる。

「すぐには出て行かないさ」

「今はね。でもエウパロ法王との対談が終わって、その後はどうなるかな。元の世界に戻る方法を探しにメジスに行くかもしれないだろう？」

それはありうる。メジスには他にも地球人の残した本が眠っている可能性がある。そうなれば元の世界に帰る手段が見つかるかもしれない
「最終的には元の世界に帰る方法を探す手伝いをしても良いと思っているけど、君のことだ。ある程度繋いでおかないと、ある日ふらっとどこかに消えてしまいそうだからね。でも一人で見合いするのが寂しいのも事実、別に君だって新たな出会いが嫌だと言うわけじゃないはずだ。付き合ってくれても良いだろう？」

「そりゃあな、だが腑に落ちない」

結局マリトが一人で見合いをしたくなく、それに巻き込まれるって形なんだよな。言い方は魅力的なんだが。

「貴族の娘が好みでないならどういった女性が良いんだい？　ラッツェル卿が良いなら祝福するけど？」

「陛下っ!?」

「そりゃ悪くはないがな。イリアスには騎士をやらせてやれよ」

「それもそうだね、いやいやごめんごめん」

イリアスの目指しているのは父親のような騎士になること、このタイミングで国のトップから寿退

社を強要するのは酷い仕打ちだ。しかしマリトは臆面もなくこちらを欲しいと言っている。主導権を握られたままでは、どんな女性と既成事実を作らされるか分かったものではない。だがあまり過激な対抗策を取っては周囲の目もあるし、一計を考えなければならないな。

「よしマリト、この件に関しては互いに公平な条件をつけようじゃないか」

「ふむ？　話を聞こうか」

「お前がこっちに家庭を持たせようとするのなら、こっちもお前の妃候補を見つけてやる。それで公平だ」

「つまりこちらが一人の女性を君に勧めるたびに君がこちらに一人の女性を勧めると言うわけかい？」

「ああ、王様の財力で手当たり次第に攻められちゃ一溜まりもないからな」

マリトの妻になるのであればそれは王妃という勝ち組だ。だがこっちはただの異世界人。そんな男を繋ぎ止める為に利用される女性を大量に生み出すのは避けたいところ。とは言え全く興味がないわけでも、期待していないわけでもないのも事実。数が限られればきちんと相手にふさわしい女性かどうかを見分けられるだろうし、マリトもこちらの好みを分析してくれるであろう。

「数で攻めようものならこっちも数で攻められる。こちらの負担なく君を繋ぎ止める為には君に相応しい女性を見つけてこいと言うわけだね。こちらとしても君が本気で薦められる女性と会える。どちらがより選定眼が優れているかの勝負にもなる……なるほど、良いね」

マリトの性格からして日常への変化は望む所のはずだ。ついでに言えばこの勝負を言い訳として周囲への逃げ口上ができるのだ。『彼が私に相応しい女性を見つけてきてくれると約束してくれたのだ、私はそれを待つ！』とかそんな感じで。こうしてマリトとの間に奇妙なルールができ上がり、細かいルールを決め、裏技などに頼らないと誓い合うのであった。

城を後にしたその帰り道、イリアスはいつもながら不機嫌そうに文句を言ってくる。

「君という奴は……陛下を変な遊びに巻き込んで」

「互いの為だ。あと巻き込まれる女性の為でもある」

「勝負事に巻き込む時点で感心できんぞ」

「そう言ってくれるな。マリトのあの様子からして、お前が王命で嫁がされても不思議じゃなかったんだぞ」

実際マリトがイリアスを嫁がせることが効果的だと判断した場合、イリアスの持つ騎士への憧れを尊重せずにやりかねないからな。

「それは……否定はできないが……でも——」

「他の女性だってそうだ。王様からの圧力でこんな男に押し付けられちゃ堪ったものじゃない。紹介するならきちんと相手の立場を思ってするべきだ。こっちもちゃんとマリトが納得する相手を見つけるつもりだし、問題はないさ」

イリアスだけではない。自分の歩みたい道をマリトの暴走で捻じ曲げられるのは納得で誤魔化せるにせよ、遠い先に悔いが残るだろう。マリトは賢王だが、聖人ではない。国の為ならば本当にあらゆる手段を考えてくるだろう。

「そう、だな」

「マリトがこっちのことを考えて紹介してくれる女性なら、会って見たい気持ちもあるしな」

「君のことを考えて、か……。素朴な疑問なのだが、君の好みはどのような女性なのだ？」

「さてな。可愛い子や美人は普通に好きだが、これと言って偏った好みはない。過去に好きになった女性も様々で断定はできないな」

人の好みなんて環境や年齢、精神状態で簡単に揺らぐものだ。婚活でもしない限りは真面目に検証するのも馬鹿らしい。

「本当に守備範囲が広そうだな」

「そりゃあ誰を好きになるかなんて、その時にしか分からないんだ。自分勝手な理想でその出会いをふいにしたくはない」

「なるほど、君らしい答えだった」

イリアスは呆れたように笑う。そうやって普段からもう少し力を抜いていれば女性として意識しやすいものなのだが、それもまた彼女の個性と言うことにしておこう。

「イリアスの好みの男性像は父親のような騎士辺りか？」

「好ましくは思うだろうが、憧れとしての理想だからな。そんな御仁に会えたとして、恋心を持てるかは分からないな」

「むしろ剣を向けてそうだな」

「君はな――いや、そうかもな」

性別の違いなど関係なく、イリアスとはこういう関係であり続けたいものだ。ただし暴力はなしでお願いします。

◆

朝食後に突然の来訪者。大きな荷物を背負い、息を切らせながら現れたのは『犬の骨』給仕係のサイラだ。

「おはようございます、お兄さん！」

「サイラだー」

「おう、来たか」

サイラは鼻息も荒く、周囲を興味深そうに眺めている。そりゃあ憧れの騎士であるイリアスの家にお呼ばれもすればテンションも上がるだろう。

「随分と大荷物だな。一体何事だ？」

「ああ、今日は以前から依頼していたイリアスの服を持ってきてもらったんだ」

「わ、私のか？」

初めてウルフェの服を作って貰った折に依頼していたイリアスの服だが、サイラにとって満足のいく服の完成は難航していた。と言うよりも創作意欲が高まり過ぎていた模様。作っては作り直しての繰り返しだったそうな。なお合間にウルフェの服を数着用意してもらっていました。オーダーメイドにしては随分と安く済みましたね。

「この前経過報告を聞きに家に遊びに行ったんだが、えらい事になっていてな。一度持って来いと招いたんだ」

「そうなのか……それでこんなに」

「いや、一割もないぞ」

「なんだと……」

普通の女の子の家だからとほんの少しだけ緊張していたのだが、そんな必要はないくらいに服の山だった。ゴミの山よりかはマシだったけども、色々脱力したね。

「イリアス様の為に作った服を厳選して持ってきました！」

「そんなわけだ。全部受け取る訳にもいかないから、早い所試着して選んでやれ」

「あ、ああ」

そんなわけで二人はイリアスの部屋へと向かっていった。その様子をラクラがお茶を啜りながら何やら呟く。

「あんな可愛い仕立て屋さんがいらっしゃるのですね。私も私服欲しいです尚書様」

「そうか、頑張れ。値引き交渉くらいは考えてやる」

「ウルフェも、もうなんちゃくかほしいです」

「おう、ウルフェはもう少し私物を増やさなきゃな。欲しい物はどんどん言え。買える物は買ってやる」

「はいっ！」

「ひどーいーっ！」

ラクラは毎日同じ聖職者の格好だ。仕事着でもあるのだが、ゆったりしたローブは私服としても有用である。それで良いのか聖職者。ついでに言えば服選びの手間を省けるというメリットがあるとのこと。悲しい理由である。

ウルフェも似たようなものだが、実はサイラには同じ服以外にも何着か用意してもらっている。ウルフェに対しては手早く作れるのだが、イリアス相手となるとそれなりに時間が掛かってしまうのだとか。

サイラはまだ修行中の身。スタイルも良く美人であるラクラなら、モデルとして協力すれば衣装の一つや二つ手に入るだろうが……そんな楽はさせたくない。こっそりとサイラには手を回しておくとしよう。

「じゃーんっ！」

大量に持ち込んだ服の中から一着が決まったらしく、イリアスとサイラが降りてくる。うん、誰だ。

「イリアス、きれー」

「まあまあ！」

イリアスの私服はメンズのような物が多かったのだが、サイラの持ってきた服は完全に女性らしさを意識したデザインだ。スカートの時点で二度見するレベルだ。しかし普段鎧を身に纏い、ゴリラゴリラしているイリアスのイメージとは大きく離れている。腕が見えるノースリーブも柔らかな印象を受けるな。

「変では……ないか？」

「良いと思うぞ。騎士とは思えないほどだ」

「それは褒めているのか？」

ああ、首から上は何時も通りだ。服を変えたからと性格が変わるわけではないからね。

「ああ。いつもとはだいぶ印象が違うが、そういう服も似合うんだな」

「そうか……。ありがとう」

「じゃあそのまま出かけてきてもらうか」

「はぁっ!?」

突然の宣告に良い顔で驚くイリアス。格好がいつもと違うのでとても新鮮でグッド。

「服は実際に相手に着せ、その様子を見ることでより創造力が湧いてくるもんだ。そんなわけで今日はサイラの為に、その服を着て出かけてもらおうと思ってな」

「待て待て、私には陛下から任せられた君の護衛がだな」

仕事があるからとごねるイリアス。しかしそんな言い訳なんてとっくにお見通しなのである。と、そこで新たな来客がやってくる。待ってました。

「坊主、おるかの――なんじゃこのべっぴんさんは」

「か、カラ爺!?」

「代わりの護衛なら呼んでおいた。出かけるつもりはまるでないが、それでもとごねられるのは目に見えていたからな」

「君と言う奴は……」

イリアスが非難がましく睨んでくるが、そんな視線はこちらの優越感を煽るだけだぞ。カラ爺もイリアスの格好に驚いていたが、すぐに満足したお爺ちゃんのような反応になる。

「ふぉっふぉっふぉっ！　良いではないかイリアス。たまには母親好みの格好をしても罰は当たらんよ」

「それともイリアス、家で待機しているだけと言うのにカラ爺が代役では不満とは言わないよな？　そこまで言うならラグドー卿を呼び出すが」

「止めろよ⁉　絶対に止めるんだぞ⁉」

かくして真摯な説得の甲斐もあって、イリアスとサイラは二人で街を廻ることになった。同い年の二人組だ、お互いの性格から考慮するに直に上手く行くだろうさ。

「ふーっ！」

「坊主、わし辛いんじゃが……」

「ウルフェ、カラ爺相手にそんなに警戒するなよ……」

「尚書様、私も遊びに行きたかったですー」

カラ爺とウルフェの関係もいい加減何とかせねばなるまい。ラクラはどうでも良い。そう言ったわけでこちらはこちらで秘密裏に用意していたアイテムをついに公開する時が来たようだ。

「家の中でじっとしているのも退屈だろう。そこで少しばかりの余興を用意させてもらった」

◆

サイラと共に街を巡る。サイラは市場だけではなく、服屋や靴屋と私が普段行かないような店を良く知っていた。同じ年頃だと言うのに、ここまで行動範囲に違いがあるとは思いもしなかった。

「……むぅ」

それにしても周囲の目が気になる。おかしなところはないだろうか。いや、この姿なら他者だと誤解されてもおかしくはないはずだ。そう割り切るしかないだろう。これはサイラの為、そう思えば耐えられないことはない。

「ふう、行きたい所は大体回れました！　創作意欲もばっちり！　イリアス様、少し休憩しませんか？」

「ああ、そうだな」

広場の長椅子に座って一息を入れる。まったく、彼の謎の行動力には困ったものだ。もう少しそれを自分磨きの為に使えないのだろうか。ウルフェと違い彼は勉学も鍛錬も好まずにのらりくらりと逃げている。そんなことだからマーヤの憑依術にも未だに頼りっきりなのだ。

せっかく彼の護衛になったのだ。もう少し規則正しい生活をさせるべきなのだろうか。だがあまり厳しくすれば彼は巧妙に逃げ出す可能性もある。そう考えると前途多難だ。溜息が漏れる。

「あ、あのイリアス様、退屈ですか？」

「ああ、すまん。今の溜息は彼に対してのものだ。前々から鍛錬から逃げて姿を見せないことも多かったが、こう言ったことをしていたのだなと」

「お兄さんはよく様子を見に来てくれてました。それでー他にも色々とっ！」

その色々が気になるのだが……。よもや手を出してはいないよな。いやサイラは可愛らしい町娘で、彼の対応も比較的温和に感じている。しかし彼女が彼を好んでいるのなら悪い話ではないのか？　いや、あまりいい気はしないので悪い話に違いない。

「この前なんてバンさん――ええとこの街で有名な商人の方に私の服を紹介してくれて、ウルフェちゃんと同じ黒狼族へ贈る衣服の依頼を取り付けてくれたんですよ！」

黒狼族はこの街でも時々見るようになっている。ウルフェに見繕ってもらった服に近いセンスを感じる物を着ていたのだが、ひょっとするとサイラが作った物なのだろうか。

「ウルフェへの服は良い物だった。黒狼族への服も良い物ができたのではないか？」

「はいっ！　黒狼族の皆もとても気に入ってくれて、お礼の品を貰ったんですっ！」

そういってサイラがつけている首飾りを見せる。質素な感じではあるが、光沢のある鉱石が印象的な味のある物だ。

「それは凄いな。彼らはまだこの街に馴染んでいると言うわけではない。相手との交渉も色々手探りな状態だろうに」

「そしてそして！　その実績を認めてもらってバンさんのお抱えの服屋さんに弟子入りさせてもらえ

ることになったんです！」

　サイラの話は聞いている。彼女は普段『犬の骨』の給仕をこなし、休日には独学で服を作っていた。そして将来的には店を構えたいと、その為の技術を学びたいと。だが職人が弟子を取ると言うことは将来店を継がせる場合だけ。商売敵になるであろうサイラを受け入れてくれる者はいなかった。しかし彼女はこうして目標に向けて大きく前進している。同じ年頃の者がこうして自ら選んだ道を確かに進んでいるのだ。

「凄いなサイラは」

「ふぇ？」

「私は父のような騎士になりたいと子供の頃から鍛錬の日々だった。剣術を身につけた甲斐もあり、騎士にはなれたがそこから停滞している日々だ。だがサイラは着々と前に進んでいる。同じ年頃の者として素直に尊敬する」

　私の言葉を聞いてサイラは顔を真っ赤にし、両手を顔の前でばたばたと振る。

「そ、そんなことないですよ！　イリアス様の強さはターイズでも五本の指に入るじゃないですか！　今は若いだけできっと実力が認められれば騎士団団長だって！」

「恥ずかしいことに、騎士になってからはずっと鍛錬と警邏の仕事だけだった。ようやく功績を挙げることができたのはつい最近のこと。だがそれも私個人の力ではない」

「それを言ったら私だってお兄さんが機会を与えてくれたんですよ！　一緒じゃないですか！」

　そうだろうか。サイラには機会を与えただけでそれを掴み取ったのは彼女個人の実力だ。私の場合は様々な者の協力があって成し遂げた実績だ。彼の協力だけで成し得たサイラと、彼の協力だけでは何も成せなかった私とは違う気がする。

「むぅ、その顔は違うって言いたそうな顔でしょ!? 進む速度は違うかもしれないけど、イリアス様が身に着けた強さは本物じゃないですか！ その努力を自分で否定するなんて間違ってます！ 私なんて進路こそ好調だけど技術はまだまだなんだから。イリアス様が卑下してたら私なんてもっと下なんだよ!?」

「そんなことは――いや、悪かった。過度な謙遜は相手を不快にさせると言われたことを忘れていた」

「そうです、少なくとも私はイリアス様の強さを知ってるし、尊敬してるんだからっ！」

これほど正面から自分を認めてくれる者は珍しい。彼はなかなかそういうことを口にはしてくれないし、ラグドー隊の者達にも認めてはもらっているが、面と向かって言ってくれることは少ない。それに比べサイラは真っ直ぐで自分の思ったことをしっかりと伝えてくれる。少しばかり恥ずかしい気持ちもあるが悪くない。どうも私はおだてられることに弱いようだ、気をつけよう。……だけど、少しくらいは気持ち良さを味わっても許してもらえるかもしれない。

「……そうか、ならお互いに尊敬し合っているわけだな」

「そ、そうなります！」

「なら立場は対等だ。そう畏まった呼び方は止めて欲しい。様などつけずにイリアスと呼んでくれ、サイラ」

「え、いや、あの、その……」

視線を反らすサイラ。そんな初々しい態度を見て、少しだけ楽しく感じてしまった。

「なんだ、私とはやはり違うと言いたいのか？」

「うう、その言い方お兄さんみたい……」

言われて見ればこんな意地悪な言い方をするのは自分らしくもない。影響されたのだとすれば彼だ。彼のせいにしよう。そう思えばこういう意地悪も案外気兼ねなく使えるものだな。

「そうかもしれないな。だがいつもの私では言い出しにくいことだ。利用させてもらうとしよう。それにサイラだって口調が随分砕け始めているぞ」

「それは、その……それじゃあ……イリアス、これで良い？」

「ああ、これからもお互いに仲良くしてくれると嬉しい」

「――うん、不束者だけどよろしくねっ！」

その言い方は何かが違う気がする。しかしこの年になって初めて同じ年、同じ女としての友人ができた。進む道は違えども、夢に焦がれ自らを磨き続ける者。そういった点では似た者同士なのかもしれない。

「今度はウルフェちゃんも一緒に買い物に行きたいねー！」

「そうだな、あの子も喜ぶはずだ」

ウルフェもこの街に馴染み始めている。あの子ともきっといつかは親しい関係になれるのだろう。

今まで踏み込んだことのない一歩、それはなんのこともなかった。今の自分に足りてないものは、こ

ういった未知への一歩を進むことで新たに見えてくるのだろう。

彼はこうなることを理解して私を送り出したのだろうか、そうならば感謝せねばなるまい。帰ってすぐは周りの目もあり恥ずかしいが……今度二人きりになった時にでも礼を言おう。

サイラはそのまま別れて帰って行った。夜には『犬の骨』での仕事があるらしい。従業員も増えたことで自分の進みたい道への努力を積み重ねる時間もできてきたが、それでも生活費などは楽ではないとのこと。

これからはそういったことも含め、彼女の努力を労ってやろう。彼女が私のことを応援してくれたように、私も彼女を応援できるはずだ。しかし残った大量の服はどうしたものか、サイラは私の為に作ったから是非着て欲しいと言っていた。だが随分とスペースを圧迫しそうだ。それに鎖帷子が入っている洋服箪笥にしまうのは気が引ける。彼の手が空いた時にでも新たに箪笥を購入するとしよう。すっかり遅くなったが家に帰宅。せっかくだからこのまま皆で『犬の骨』に行くのもいいだろう。

「今帰った、皆ただい――」

その光景に思わず言葉が止まった。慣れ親しんだはずの我が家の居間、そこは多くの屍が転がる戦場と化していた。

◆

えー、発端は家にカラ爺を招くにあたり、ウルフェとの仲をどうにかしたいと言う思いからだったのです。彼らの共通点は鍛錬くらいなもの。それではいつまでたっても関係は良くならないだろうと、一緒に遊べるレクリエーションを用意したのですよ。

机の上に広げているのは地球では馴染みの深いボードゲーム。出たダイスの目だけ進み、お金を得て、様々なイベントを経てゴールを目指す物。そう、人生体験型双六なるものです。

相棒を木の棒から木刀にランクアップさせた凝り性、それはこのゲームにも集約されていた。超巨大なマップに数多の分岐点、イベントマスで引けるカードの種類も百枚に及ぶ。さらには相手を妨害するアイテムカードなども実装、戦略の幅が広がるのだ。

地方の農民からはては王様にまでなれるというこの世界基準でありながら、成り上がりの幅が広い大規模なゲームだ。一週目に関してはルールの説明もあって、それなりに停滞しながらもゲームの面白さを理解してもらい円満に済んだ。だがそこでラクラとか言う奴が余計なことを言い出した。

「せっかくですから、最下位の方にはおしおきを与えるのはどうでしょうか」

速攻で賛成の意を示したのはウルフェ、そうなればカラ爺は強く反対できず追加ルールが採用。一位が最下位に罰を与えるものとなる。ただしその場で決めていてはウルフェが一位でカラ爺が四位となった場合、ラクラが一位でこちらが四位となった場合にまともな罰ゲームが行われるとは思わない。なのでゲーム開始前にそれぞれが一位になった場合に四位に与える罰ゲームの内容を宣言させることにした。これならウルフェの出した罰ゲームが師匠にも降り注ぐことになり、早々重たい罰ゲームは発生しないだろうと踏んだのだ。しかしウルフェは容赦しなかった、ついでに言うとラクラもだ。

最初ウルフェの罰ゲーム内容を聞いた時は耳を疑った。ついでに自分の教育の仕方が間違っているのではと後悔しかけた。とは言え純粋な罰を考えたのであれば、確かにウルフェらしくはあると納得することにした。ウルフェからすればこちらが四位を回避できるであろうと言う信頼があってのことだ。

結果全員のやる気が上昇していた。何が不味いって、相手を妨害するアイテムを導入していたのが不味かった。これで足の引っ張り合いが発生する。ラクラは常にこちらを、ウルフェは常にカラ爺を執拗に狙っていた。男二人は場の空気を読みつつの均等分けだ。

そして肝心の結果なのだが……。まずこのゲームで一番強かったのがウルフェだ。何と言うか、ダイスの出目を操作できている感がやばい。

二番目は製作者、そりゃデータは全部頭に入っているので戦略の幅が最も広い。あとヘイトを稼がないように二位と三位をキープし続けていたのも大きい。

三番目はカラ爺、普通のプレイヤーだ。ラクラは毎回ギャンブルコースに手を出して自滅していた。こちらの出す罰ゲームは精々『次のゲームを空気椅子で行う』とか『次のゲーム中一位の椅子になる』程度だったので大した被害はない。だがウルフェの一位の際のダメージが酷く、ラクラはその被害をもろに受けていた。あまりに酷いので全部は伏せる。一つ例を挙げるなら『炭を食う』だ。

ひたすらに酷い目に遭うラクラ。それでも容赦しないウルフェによってついにカラ爺も罰ゲームの餌食になる。瀕死になっていくカラ爺を見て喜ぶウルフェであったが、ラクラのギャンブルがドンピシャリ。一番やばい罰ゲームの直撃を受けウルフェも半死状態になる。

これで終わるかと思いきや、最後の最後で三人が結託、同じ罰ゲームを宣言。二位三位を死守してヘイトを稼がないように立ち回っていたのだが、流石に罰ゲームなしで切り抜けていた製作者は最後の最後でヘイト管理を達成できず、一対三に持ち込まれついに敗れてしまうのであった。

他の三名も今まで受けた罰ゲームのダメージが蓄積しダウンした。かくして生き残る者が誰もいないデスゲームが幕を閉じた。ああ、炭の味とか、覚える機会なんてないと思っていたよ……ぐすん。

「何をやっているんだ君達は……」

そこでイリアスが帰宅、全員お叱りを受けるのであった。しかしこの日からウルフェとカラ爺の仲は多少ではあるが良くなった模様。このゲームはウルフェとラクラのトラウマとなった為、丁重に封印された。

03 さしあたって肩の荷がおりました。

いよいよエウパロ法王が来国した。関係ないけど日本ならば来日と言うけど、来ターイズって言い辛いよね。

もちろん本に関わった異世界人は強制招集を受ける。本を読めることの証明をしなければならないからだ。いやだなー、顔覚えられたくないなーと嫌がったところで相手側に迷惑が掛かるだけなので仕方ない。ちなみにラクラは召集を掛けられなかった。事情は大体察している。

共に来賓室にて待機しているのはマリトとラグドー卿。護衛にイリアス、見えていないが暗部君の総勢五名。しばらく待たされた後、三人の男性と一人の女性が入ってきた。一人はその風格から分かる。間違いなくエウパロ法王その人だ。

年は六十代と言ったところか、器の大きそうな顔をしている。隣にいる男はマーヤさんと同じく大司教の首飾りをつけている。なんとなく愛嬌を感じるちょび髭、恐らくウッカ大司教と見ていいだろう。他の二人は分からないので話の開始を待つ。

そして自己紹介が始まる。やはり先述の二人はその通りだった。最後の男は法王の護衛であり、ヨクスというメジス聖騎士団団長。年は三十代と見るが、若々しさを感じる以外にもラグドー卿のような風格を感じる。唯一の女性はリリサ、おっとり美人で法王の世話役だ。

「それでは自己紹介も済んだことだ。話を始めようか」

「何よりもまずは、こちらの不手際についての謝罪からさせてもらいたい」

まずはエウパロ法王が今回の件に関しての謝罪をする。ウッカ大司教にも頭を下げさせ、国に迷惑を掛けたことを詫びた。マリトはそれを全面的に許す形となった。ウッカ大司教が狙われたのは悪意のあるラーハイトによるもの。そのラーハイトにつけ込まれた落ち度はある。だがウッカ大司教が利用されたからこそラクラのようなポンコツを送り込み、その存在を浮き上がらせる結果となったのだから。

ヨクスは終始一言も声を発しなかったが、リリサの方はエウパロ法王の言葉の後にいくつか補足説明などを付け足していた。謝罪に関する話が済んだところで、マリトは件の本を取り出しエウパロ法王へ返却する。

「こちら側で実際に本の内容を読み確認したのは私とラグドー卿、そして文字の読める彼だけだ。内容についての話はラグドー卿の部下である騎士の二人に、一人は彼女だ。それとそちら側の聖職者にも話をしてある」

「そのことは報告でも聞いている。君が異世界から来た旅人だね」

エウパロ法王の目がこちらに向けられる。マーヤさんも人を見透かすような目をしているがその比ではない。見続けられればまるで全身を裸にされたような錯覚すら覚える。恥ずかしいな、うん。

「すまないが、手を握らせてもらえないだろうか。わしはその者の手の形や体に流れる魔力の揺らぎに直接触れることで、その者がどのように生きてきたのかを感じ取ることができる。異世界から来たという君がどのような人物なのか、直接この手で確かめたい」

「ええ、構いませんよ。どうぞ」

手を差し出すとエウパロ法王はそれを優しく握り締める。その手は温かさがあるだけではない。手を通して何か熱のようなものがこちらの全身を巡ってくるようだ。

「随分と魔力がないが――なるほど、良く分かった。君は臆病な人間なのだな。あらゆる事象を恐れ、それに備える為にその存在を理解しようとしている。チキュウという場所は余程悪意のある者と遭遇しやすいのだろう」

「……ええ、仰るとおりです」

どうやら本物のようだ。むしろそこまで分かるものなのか、宗教家のトップは伊達ではない。

「だがその臆病さ故に、我が国に住まう病魔を発見してもらえた。そのことには深く感謝させて欲しい。私達にできる範囲の礼なら何だってしよう」

「本を読んだ件を咎められなければそれで。それとすぐにメジスへ戻られないのでしたら、今回の一件で亡くなった者の墓を訪ねてあげて下さい。彼の死がなければ動くことはありませんでしたから」

「ああ、約束しよう。しかし唐突に臆病者呼ばわりは失礼だったな。すまない」

「事実ですからお構いなく」

彼は予想以上の人格者だ。必要以上に警戒していたことに罪悪感すら湧いてくる。この人にこれ以上の事実を突きつけるのは気が引けてくるってもんだ。

「そうだ、ウッカ大司教もラーハイトの包囲の件ではご活躍されたそうで、ありがとうございます」

「礼を言ってくれるな。自分の不始末をやらかした後で始末をつけたに過ぎん」

ウッカ大司教はばつの悪そうな顔で目を逸らす。それでもメジス側ではMVPに輝くくらいの行動をしていたわけなのだが。

「ウッカ様はターイズに来られる時もずっと気にしていましたわ」

「リリサ！　余計なことを言うでないわ！」

「あら、申しわけありません」

さして反省もしていない素振りで頭を下げた後、リリサはこちらに向け笑顔を見せる。……うん？

「リリサさんでしたっけ、以前どこかでお会いになりましたか？」

「いえ、ターイズに来たのは初めてですから、貴方にお会いしたのもこれが初めてです」

「そうですよね。変な質問をしてすみません」

……これは一応試しておく必要があるか。そう思っていると本を手に取りながらエウパロ法王が話を再開してきた。

「ところで、通信でこの本の内容は大よそ聞かせてもらった。さらには直接でなければ伝えられない事実があるとも聞いた。その辺について詳しく聞かせてもらえないだろうか」

「はい、ただその前に少し……先ほどの意趣返し的なことをさせて頂いてもいいですか？」

「ふむ？　それは構わないが……君にそういう特技があるのかね？」

「似たようなものです。数少ない特技と言うかなんというか……せっかくですから他の方も一緒にお願いします」

首を傾げるウッカ大司教。あらと笑うリリサ。特に反応のないヨクス。ちなみに一番興味深そうにしているのはマリトだ。

「自分にどれだけ自信があるのかを測る方法でして。まずは法王様から今から言うことをそのまま続けて復唱してください。『私はエウパロ法王である』」

『私はエウパロ法王である』、これで良いのかね？」

皆がこれで何かが分かるのだろうかと言った表情をしている。まあこれは準備段階、これだけでは特に何も分からないのだが。

「ええ、ありがとうございます。これだけだと意味が分かり辛いと思いますので……次はウッカ大司教、『私はエウパロ法王である』」

「『わ、私はエウパロ法王である』」

ウッカ大司教は突然の変化球に戸惑いながらもこちらの指示通りに復唱してくれた。

「次に『私はウッカ大司教である』」

「『私はウッカ大司教である』……最初の言葉は戸惑ったではないか」

「はい。でもなんとなくだとは思いますが、自分の名やその立場については即座の復唱でも、スムーズに言えたのが分かると思います。真実と虚偽を織り交ぜることで真実に対する自信を測ることができるわけです」

「なるほど。分からないでもないな」

嘘と言うわけではないが、そこまで意味のある言葉でもない。これなら嘘をついているとは思われないだろう。

「では次はヨクスさん、『私はエウパロ法王である』」

「『私はエウパロ法王である』」

「次は『私はウッカ大司教である』」

「『私はウッカ大司教である』」

「最後に『私はメジス聖騎士団団長ヨクスである』」

「『私はメジス聖騎士団団長ヨクスである』」

ヨクスはほとんど変わらずに言い切る。そりゃあ種と手順を説明されればさして焦る必要もないだろう。

「流石に騎士団団長ともなると変化が小さくて読み辛いですね……。では最後にリリサさん」

「はい、どうぞ」

「『私はエウパロ法王である』」

「『私はエウパロ法王である』」

「次は『私はウッカ大司教である』」

「『私はウッカ大司教である』」

「次は『私はメジス聖騎士団団長ヨクスである』」

「『私はメジス聖騎士団団長ヨクスである』」

「最後に『私はラーハイトである』」

「……」

周囲の空気が一瞬で張り詰める。即座に剣を抜いたのはイリアス、そしてヨクス。エウパロ法王とウッカ大司教もリリサから距離を取っている。当の本人は笑顔を崩さないものの、口は動いていない。

「言えないか。そうだよな。エウパロ法王とウッカ大司教は嘘を見抜ける。それはつまり真実を言っていることも見抜けるわけだからな」

「……いつから気付いていていましたか？」

リリサ、いやラーハイトの笑顔がより作り物のように、不気味なものへと変わる。

「確信なんてなかったさ。ただウッカ大司教に追い詰められて自害したと聞いた時、お前みたいな奴がそう簡単に自分の命を諦めるものなのかと、念の為に用心していただけだ。お前は本の内容は知っていたが、詳細を知らなかった。そこにさらなる秘密があったと聞けば、それを知りたがってこっちに接触してくるんじゃないかなと踏んだ。だからあの日から初めて出会う人間には常に一定以上気を張っていたんだよ」

「それだけでは私がリリサとして潜んでいることに気付いた理由としては弱いですね。確かにこの会談で本の詳細を話す可能性がある以上、私が現れる可能性もそれに等しい。ですが貴方は迷わずに私、いえリリサを疑った。その辺りの理由を知りたいですね」

ラーハイトに動く気配はない。今は単純にどうやって見抜かれたのかを知りたがっているのだろう。本来ならこう言った質問には答えないほうが良いのだが、色々と口を滑らせて欲しいので素直に応じることにする。

「ああ、数少ない特技って言ったろ。人との距離感を測るのが得意でな。マリトとの会話を聞きながらこちらとの距離感を事前に測っていた。その中で一人違和感があったのがお前だ」

「違和感ですか。この三人との関係はそれなりに学習していましたし、事実この三人は完全に私がリサだと信じきっていたはずなのですがね」

「ウッカ大司教をからかった時、こっちに笑顔を見せただろう。それで距離感が目測より近く感じたんだ」

「ただ人当たり良く接したつもりだったのですが？」

「法王様が選んだ距離感は親しみすぎず、敵対せずという形だった。それにこちらを測るような行動も取った。それに釣られてウッカ大司教もこちらに対してある程度の緊張感を持っていた。上司が怒って部下がフォローすることは珍しいことじゃない。だけど上司が慎重に接しているのに、その上司を理解しているはずの世話役が、目の前で親しげに振舞うというのは不自然じゃないか？」

そりゃあ異性として気に入られたとかそんな話もあるかもしれないが、こちらはこの世界じゃ不吉な黒髪に黒い眼だ。悲しいけどその可能性はない。

「……なるほど、貴方に会えたことで知らず知らずのうちに一種の満足感を得てしまっていたようですね。それで貴方への態度が強く出てしまったわけですか」

「そして一度質問しただろう。以前どこかでお会いになりましたかってな。あれへの返事の仕方、嘘をつかずに相手を誤魔化そうとする奴が言いそうな言い回しだったからな。だから確かめようと決めたんだよ」

言わずもがなマーヤさんやラクラに使っていた手法である。嘘を見抜ける聖職者相手にはぐらかす際の言葉を選んでの真実の羅列、自分で使っていただけに既知感をひしひしと感じていたわけだ。

「いやはや、お見事ですね。流石はチキュウ人だ」

「貴様っ！　リリサをどうした!?」

「おやウッカ様、見て分かりませんか？　この体は間違いなくリリサのものですよ。あの時私の首を掻き切ったナイフには一回分だけですが、体と魂を引き剥がす魔力が込められていましてね、それで私は魂だけで逃げさせてもらったわけです。ただこの儀式は事前に魂の行き先を用意しておく必要があり、複数配置ができないなど何度も使用できるわけではないのですよ。一応言っておきますが既に次の分は用意してありますので、無理にこの体を傷つける必要はないですよ」

何ともまあ便利な魔法だこと。肉体的に逃げられないなら魂だけで逃げればいいじゃないってか。確かにそれなら死後に死霊術を使っての支配も受けずに逃げおおせることが可能だろう。だが自分の体を躊躇なく捨てると言うのもなかなかの度胸がいるだろうに。

「魂への干渉を行う魔法は禁忌、よもやそこまで手を出していたか」

「できればもう少し話をお聞きしたかったのですが、これ以上は無理なようですね。ですが貴方をこの目で見れた。それだけでも収穫としましょうか」

ラーハイトの愉快げな瞳はこちらを見つめている。その好敵手を見つけました的な感じ止めて貰えませんかね。こちとら一般人ですよ。

「それでは名残惜しいですがこれにて、またお会いしましょう」

そういうとラーハイトは口から血を溢し、倒れた。すぐさまウッカ大司教が駆け寄り様子を確認する。

「口の中に刃状の魔石を仕込んでおったようだ。急いで手当てをしなければ！」

ウッカ大司教が外に待機していたユグラ教の者達を呼びつけ、間もなくして応急手当を済ませたリリサが運び出されていった。

◆

「一度ならず二度までも謀られるとは……ターイズの王よ、申し訳ない！」

エウパロ法王はマリトに深々と頭を下げる。無自覚とは言え、賊を外交している国の王様の前にまで連れてきたのだ。そりゃあ謝らざるを得ないよな。

「ラーハイトが狡猾だったと言うだけのこと。今は彼女の体と心の心配をしなければ」

「お心遣い、痛み入る」

その後、念には念をとその場にいる者、そして外に控えている者への確認を行っていく。再び席に着いたのは数時間が経過した後であった。

「流石に近場に避難したと言うわけではないようだ。念の為メジスに封印されている亡骸のある場所にも事情を伝えておいた」

そりゃあ自分の体を取り戻せるのならそれが一番早い。とは言えそこまで短慮な真似はしないだろう。だが再びユグラ教の誰かに成りすましている可能性は否定できない。当面はラーハイトへの対策で忙しくなることだろう。何と言うはた迷惑な奴だ。親分の顔を見てみたいものだ。会いたくはないけど。

落ち着いた後、マリトが場を仕切りなおし再び本の話題に戻す。

「では話を再開したいのだが……この話はできればエウパロ法王、貴方個人にのみ先に伝えて吟味してもらいたい。こちらもそのことを知っている者以外は席を外してもらう。ラッツェル卿」

「……はい」

マリトは最初にイリアスを部屋から追い出した。その様子を見てエウパロ法王もウッカ大司教、ヨクスを部屋の外へと送り出す。

「ここから先は彼が説明する。頼んだ」

「ああ、――ではまずこの本を開きながら説明します」

本をエウパロ法王に見えるように開き、解読していった内容を大まかに説明していく。挿絵などの解説をすることでエウパロ法王はこちらが本を読めていることを再認識していく。

「以上が本の内容です。こちらは既に連絡した通りとなっています」

「本の内容に関しては疑う余地はなさそうだ。確かに君の解読通りに進めればより高度な死霊術も使えるようになるだろう。魔王が蘇ると言う話も信憑性を増してきた。だがこれだけではないのだろう?」

「はい、問題なのは最後のページです」

最後のページを開く。そこには本の表題に関することは書かれておらず、簡略的な走り書きが記されているだけだ。

「あまり重要そうには見えないのだが」

「ここに書かれているのは『以上を持って調査結果をまとめたものとする』と言う文章です。そして最後の単語、ここに書かれているのは本の筆者の名です」

「筆者……蘇生魔法を生み出し、魔王を生み出したものか……！」

「筆者の名前は『湯倉成也』、ユグラ＝ナリヤ、魔王を打ち滅ぼしユグラ教の礎となった勇者の名前です」

エウパロ法王は絶句する。そりゃ誰だって言葉を失うだろう。魔王を打ち滅ぼし、世界を救った勇者の名が魔王を生み出す蘇生魔法を編み出した存在の名と一致したのだから。

エウパロ法王はしばらく沈黙を続け、やがて重々しく口を開く。

「――君は、どう思っているのだ。ユグラが、勇者が魔王を生み出したと？」

「可能性は三割程度と見ています」

「……その根拠を聞かせてもらえないだろうか」

「まずこの本を書いた人物は地球人です。ここに地球人がいますがその魔力はどうですか？」

「――君の魔力は非常に少ない。幼少期の子供と同等かそれ以下だろう」

「そうです。地球には魔法と言う概念がない。魔力すら発見されていません。この本の文字はおよそ百年前の文字、世界間での時間の流れに差があったとしてもその人物がやってきたのはこちらと比べてたった百年前です。その時代にも魔法は存在しないものだった。とは言え魔力には個人差はあるかもしれませんが、それでもこの湯倉成也と言う人物が多大な魔力を持っていたとは思えません。そんな人物が魔王を倒せるのかと言われたら首を傾げます」

仮に湯倉成也が魔力を保有していそうな寺や神社育ちのオカルト系出身者だったとしてもだ。この世界の才能ある者達に並ぶほどの魔力を保有しうるのだろうか。過去の歴史にそう言った人物がいたのならば現代にもそんな人物が発見されていてもおかしくはない。

「確かに君は戦闘に向いていると言うわけではなさそうだが、この本の筆者がそうでない可能性もあるのではないか？」

「いえ、この世界の人々はとても強い。魔力で体を強化して戦うことに慣れている。それだけでも天と地ほどの差が存在しています。仮にこちらに来てから魔力が増え鍛錬したとして、勇者と呼べるほど成長できたとは思えないんです」

「ではどういうことだと？」

「魔王を打ち滅ぼした者、勇者ユグラ＝ナリヤは本当の名前ではなかった。恐らくはこの本の作者である湯倉成也と関係のあったこの世界の住人がその名を騙ったのではないかと思います」

これが一番しっくりくる。地球人である湯倉成也が蘇生魔法を編み出し、魔王を作った。そして彼の関係者がユグラと名乗り、その魔王を打ち滅ぼした。その方がよっぽど可能性はある。まあ自分が特別な力を貰えなかったからと言うのもあるのだけれども。この背景の詳細についてはいくつか想像がつくが、なんらかの後悔の思念を感じる。

「ですが勇者が魔王を生み出した者と、何らかの因果を持っていることは濃厚です。ですから法王様にのみこの事情を話し、判断してもらおうと思いました」

「とんでもない事実を突きつけられたものだ……どうしろと……」

悩むエウパロ法王。世界を救い世界に教えを残したユグラが最大の禁忌を生み出した者、もしくはその縁者なのだと突きつけられたのだ。そのユグラの教えを掲げている宗教のトップとしてはどちらとしても厄介な事実なのだ。

複雑そうな顔をしているエウパロ法王に対し、マリトは落ち着いた表情のまま話しかける。

「ターイズはこのことは口外しない。むしろできない。ユグラ教はターイズでも信仰者の割合が最も大きい。余計な混乱を引き起こすことはできない。そちらの信用できる者とじっくり話し合って欲しい」

「……ああ、持ち帰って他の者とも相談すべきだろう」

こうして苦労人のエウパロ法王の胃に穴が開きそうな難題が降り注ぐこととなる。一方こちらとしてはようやくその秘密を語ることができて一安心と言ったところ。

とは言えメジスに案件を持ち帰った後、『秘匿するべきだ。知っている者は処理せねば！』などと言う展開もないわけではない。エウパロ法王がいかに人徳者であれ、その周りも同様と言うわけではないのだから。

◆

城にある来賓室の一つに彼と陛下、ウルフェと私がいる。陛下は彼が持ち込んできた異世界の文化に関する資料を読み込んでいる。そして彼とウルフェはテーブルを挟んで座り、騎士達が息抜きにと遊ぶ盤上遊戯をやっている。彼曰く彼の世界にある『チェス』と呼ばれる遊戯に似ているとのことで興味を持ったらしい。先程二人にルールを教えたばかりで数戦ほど続けて行っている。

「そういえばマリト、結局エウパロ法王はどうなったんだ？」

「しばらくはこの国に残るそうだ。まもなくユグラ教が主催する収穫祭があるだろう？　それに参加する予定らしい」

「まあそれなりの人数で来たんだ。街中にも法王がターイズにやってきたと言う話は伝わっているだろうからな。何もなく帰ったらそれはそれで疑惑の目も向けられるだろうし、最初からそのつもりで来たと見ていいな」

「法王と大司教は教会に宿を借りるらしいね。マーヤも大変だろうに」

「さてはマーヤさんは最初から知ってたな。ラクラを追い出した理由もそれか」

二人とも作業をしながらと言うのに、よくもまあ別の雑談ができるものだと感心する。しかしこの位置からだと盤面は見えないのだが、随分と早いペースで指しているようだ。

「そうだ。ウッカ大司教は洗脳魔法の影響でラーハイトと接触していた時の記憶はないって聞いたが、深層心理とかに干渉する魔法とかでサルベージ——汲み上げると言ったことはできないのか？」

「記憶を読み取る魔法は存在するから試してみる価値はあるかもしれないね。ただその手の魔法は対象への負担がかなり重いと聞くよ。さながら拷問のようだって」

「ウッカ大司教はこちらに負い目がある。その辺揺さぶりながら説得すれば折れるだろう」

「ちょっと待て、そこまでして手に入れる必要がある情報があるのか？」

話の内容に思わず割り込む。ウッカ大司教の謝罪は心のこもったものだったと覚えている。その彼に拷問に近い苦痛を与える必要が果たしてあるのか。

「さあな。だが最もラーハイトと接触していたのはウッカ大司教だ。何かしらの情報が得られる可能性があるとしたら彼くらいだ」

「そんな希望的観測だけで……」

「後手に回っていたら後から辛い目に遭うのは一人だけじゃないんだぞ。とりあえず些細なやり取りでも思い出せたら伝えて欲しいと連絡しておいてくれ。一般人と国王じゃ重みも違うしな」

「分かったよ。負担を減らしつつ記憶を探ることができる方法も模索させておくよ」

ラーハイトと遭遇して以降、彼の様子が僅かながらに変化している。私達への態度こそ変わらないが、物言わぬ時などの表情に憂いが見える。一度ならず二度もラーハイトの策を見破ったのだ。もう少し安心しても良いだろうに。

「ウルフェ、これ詰んでないか？」

「えーと、はい。ウルフェのかちですっ！」

「また負けたか。強いもんだ」

「なんだ、負け越しているのか。何戦何勝だ？」

「十戦十敗だ」

「……なんだと？」

この遊戯は知略の訓練にも用いられている物で、当然ながら頭の良い者ほど強い。ウルフェも努力家ではあるが、彼の知略からしてそう負け越すとは思えないのだが……。

「手加減していたのか？」

「いや、全力だ。単純に負け続けているだけだ」

「しかし――」

ひょっとすればウルフェがこの遊戯の才能を予想以上に持っているのだろうか。その可能性はないとは言えない。だがウルフェも始めたて、互いに条件は同じはず。

「じゃあウルフェ、イリアスに席を譲ってやれ。イリアス、一戦やるぞ」

「あ、ああ」

ウルフェの代わりに席に座り、駒を並べなおす。私もカラ爺達に付き合わされてこの遊戯を行ったことは多々ある。そこまで強いわけではないが、一朝一夕の相手に負けるつもりはない。相手の実力もそれなりには測れるだろう。

「ところでイリアス、お前エウパロ法王が臆病者だって言った時に怒ってたのか？　ラグドー卿が後で言ってたぞ」

指し始めながら彼が語りかけてくる。こちらの打つ手を見るや手早く返してくる。行動に関しては迷いがほとんど見られない……が。

「う、それは……そうだが」

「どうりで謝ってきたはずだ。相手はユグラ教のトップだ。発言の一つや二つで威圧してくれるなよ」

「だが君は臆病者ではない。山賊や暗部達との戦いにも率先して前に出てきたではないか」

「それは守ってくれる相手が強いからだ。本来なら頼まれたってやらないぞ」

そう言ってもらえるのは嬉しい。だがそれとこれとは話が別だ。彼はしっかりと結果を残しているのだ。それを臆病だから成し遂げられたなどと言われれば腹も立つだろうに。

「あまり謙遜する必要はないだろう。君は結果を出しているではないか。だから私は君の実力を評価している。陛下だってそうだ」

「実力か、言っておくがマリトとお前が評価している箇所は別物だ」

「どういうことだ？」

そう言って彼は指す手を止め、傍にあった羊皮紙とペンを手に取り何かを書き始める。そしてそれを後ろから眺めていた陛下に渡して再び指し始めた。

「ふむふむ、なるほど」

「と言ってもイリアスには口じゃ説明しても理解してもらえないか。さて困ったがそれ以上にこっちも困ってきたな」

彼の指す手は非常に愚直な攻め方だ。素人が駒の動かし方を覚えてとりあえず攻めているような感じでしかない。駒の配置なども何も考えてはいない様子だ。

「真面目に指しているのか？」

「ああ、こう言った形での頭は良くない方でな。何十手も先のことなんて読めやしないさ」

「だが君は――」

突如部屋の外で音が響く、甲高い音だ。陛下が外に顔を出し、衛兵に声を掛ける。

「何事だ」

「いえ、飾ってあった鎧が突如倒れまして……土台が不安定だったのでしょうか……」

どうやら大事ではないようだ、緊張が解ける。さて、後少しで勝負はつくだろ――

「……え？」

盤面を見て一瞬思考が止まる。誰がどう見てもこちらが詰まされている。何が起こったかと考えたが、答えは一つしか出てこない。

「さっきの音がした時に盤面を弄ったのか⁉」

「誰かそれを見たのか？　……ウルフェ、手をあげなくて良いぞ」

「イカサマではないかっ！」

「使う人を考えて欲しいものだね、まったく」

陛下がやれやれと渡された羊皮紙を魔法で燃やした。つまりはそういうことか。羊皮紙で陛下に指示を出し、陛下に音を立てさせた。方法は分からないが陛下にはできることなのだろう。そして私が護衛として警戒し、視線を逸らした瞬間に駒を操作した。

「要するに、こっちがやってる手法ってのはこう言うものだ。正々堂々と同じ条件でやりあったら確実に負ける程度の実力しか持ち合わせていないからな。イリアスの強さは百戦戦って百戦勝つような力。だけどこっちのは勝ちたいと思った一戦だけを勝ち取る手段なんだ。二度は通じないし、そう褒められたものでもない」

確かに駒のすり替えが発覚している以上、もう一度勝負すれば当然警戒するだろう。それだけではない。他にもイカサマを行うだろうと気を張り続けるだろう。

「マリトやエウパロ法王はこう言ったことを理解した上で認めてくれている。力がないにもかかわらず、良くやってのけたものだとな」

「俺としては君の型破りなところが特にってとこだね」

「そいつはどうも。ただあんまり真似るとラグドー卿から何か言われかねんから、ちゃんと王道進めよ」

「それはもちろんだとも」

「……」

彼は目の前で実行して見せたのだ。自分の取る手段とは真っ当でもなければその力は評価されるべきでもないと。

「そう難しい顔をするな。相手が相手だからこそ許される手段で勝っているだけで、酷い方法だという自覚はあるんだ。イリアスだって決闘で必要だからと反則技を使って勝利したとして、それで称賛されて嬉しいか？」

「それは……そうだな」

「とは言え勝つ為に手段を選ばないその心意気とかを褒められても、それなりには受け取ってやれるわけだ。その辺は褒めてくれても多少は喜ぶから甘えさせてくれ」

彼の言いたいことは分かった。自分を過大評価するな、そんな力はないと。それでも成果を得ようと努力することは評価してくれて構わないと。

「君の言い分は理解した。だが君の出した結果は騎士達には成し得ないことだった。それは何の力が要因となったのだ？」

力が強いわけではない。賢しいわけでもないのならば彼はどのように結果を勝ち取っているのか。

「生き方が上手い、そんなところだな」

「生き方が……上手いか、なるほど」

確かにそう言われれば不思議と納得が行く。剣も魔法も、知識もない。それでも現状を理解し、上手く立ち回る。足りぬ力は努力で培ってきた私が選ばなかったやり方。彼はその道を進む熟練者なのだ。

「どれくらい臆病なのかと言うとだな、日夜監視がつくと息が詰まるからイリアスの護衛はいらないんじゃないかとマリトに進言するつもりだったが、ラーハイトの一件以降護衛を外して欲しくないと懇願しつつ、少しでも早くその脅威を取り除きたいと思っている程だ。臆病者だろう？」

「ふふっ、そうかもしれないな。いや待て、息が詰まるだと？」

「朝の着替えまで見られようものならそう思うわ」

乙女じゃあるまいし、気にすることでもないだろうに。しかし陛下やエウパロ法王が彼のそういった面を正しく理解し、評価しているという話はなんだが少し先を越されたようで悔しさを感じた。

カラ爺が言っていた。私が彼に自分が持っていないものを羨むように彼も他者を羨むのだと。あまり先を越されていては、彼の視線はこちらに届かなくなるやもしれない。

幸いにも彼の護衛を任されたのは私だ。ラーハイトの一件が終わるまでは護衛は続くだろう。それまでになんとしても彼からの評価を上げて見せたいところだ。

◆

どうも最近イリアスの距離感が近い。向こうが半歩程詰めてきているようなそんな感じがする。カラ爺との一件の後からなので、恐らくは彼女なりになんらかのアプローチを試みていると考えて良いのだろうが……積極的になる分には良いことと割り切りましょう。

それより心配すべきはウルフェだ。最近、師匠らしいことができていない気がする。先程見せた反則技などは『そういう手段を使う相手がいる』と用心させることなのだが、真似されるのは教育上よろしくない。

当初と比べると意見も言うようになり、一部の相手には悪戯心も湧いている。……あの双六のことは忘れておこう。とりあえずは何かしら学習させることが必要ではないのでしょうか。うーん、どうするか。

「というわけでウルフェ。たまには師匠らしいことをしてやりたいのだが、何かやって欲しいことはあるか？」

せっかく家でだらだらしているのだ。ウルフェの為の時間を作るならウルフェの希望を聞いてしまおうではないか。我ながら名案である。

「なんのわけかはわかりません。でもししょーにおしえてほしいことはあります！」

「ほう、殊勝な心がけだな。言ってみろ」

「あいてのたばかりかたをしりたいです！」

「……」

あー、うん。イリアス、そんな目で見つめないで。そろそろ慣れてしまいそう。とは言え、物凄く期待に満ちた瞳には抗えない。ここは程よい感じのレクチャーをすべきだろう。

「そうだな。謀ることばかりではないが、色々実戦で教えてみよう。イリアス、ラクラ、向かい側に座ってくれ。ウルフェは隣にだ」

居間の机の周りに四人で座る。常に近くにいようとするイリアスはさておき、ラクラは面白半分で乗ってくれた。これは好都合だ。

「ウルフェは二人を見つめていてくれ。二人はまずはこれを」

そう言ってペンと羊皮紙を渡す。

「一から九まで、好きな数字を一つ書いてくれ。書いたら裏側にして置いておくんだ。その後、問答で揺さぶりをかけて当てていく」

「そんなことができるのか」

「ふふん、簡単には引っかかりませんからね尚書様！」

そして二人は数字を書き終えて紙を伏せる。この世界の数字は多少の違いはあるものの、基本的な使い方は変わらない。書きやすく、シンプルな形を使用している。

「じゃあ問答だが――必要ないな。イリアスが一でラクラは七だな」

そのまま紙をひっくり返す。数字はこちらの宣言と一致していた。

「質問してませんよねっ!?」

「問答で当てると言う言葉がそもそもの仕掛けでな。実際は二人の手元に注視して、どの数字を書いていたかを見極めていた。本来なら似た書き方の数字であった場合や、文字が小さい場合にはそれなりの問答で絞ろうと考えていたが、二人とも分かりやすい数字を大きく書いてくれたからな」

「うう、それで嘘ではなかったのですね……」

「相手には別のことに意識を向かわせること。それが手っ取り早く相手の虚を突ける。戦闘中に相手の予想した方法と違う攻撃を繰り出せれば強いが、そもそも余所見させられたらもっと強いだろ？」

「なるほど」

とは言え、イリアスに余所見をさせることに成功したとしてもこちらの攻撃は届かない。差がありすぎるとダメなのだ。戦闘で虚を衝く為には手段もだが、相手を倒せるだけの最低限の力も必要なのである。もちろんありませんとも！

「後は相手の判断力を奪うことだ。挑発や演技で怒らせたり、優越感に浸らせたりするのもいいが、個人的にオススメなのは納得させること。人が考えるのを止める時は、考えることを妨害された時か考えが終わった時だ。とは言え、妨害は相手によって難易度の差が著しい」

納得にも種類がある。相手の行動を読みきったと納得させること。自分の行動が正しかったと納得させることなど様々だ。特に後者は効果が大きい。何せ一番信用できる自分自身が信じ込ませた情報なのだ。

「ただ出会ったばかりの相手にこう言った策は通じにくい。どうすれば相手が納得するかがわからないからだ。だから事前に相手の情報を少しでも多く手に入れ、相手の考え方を理解することでその成功率は上がるんだ」

「おおー」

「ただ注意点としては理解しても共感はしないことだ。共感した相手を謀るのは抵抗感が付きまとうからな」

「合点は行くのだが、ウルフェに教えて良い話なのだろうか……」

「利用するにはまだまだ観察眼やらが足りていないから難しいだろう。だけど相手がそうやってこちらを観察している可能性があると知っておくのは有意義だと思うぞ」

悪意ある者達にも脅威の差はある。ただ悪意をばら撒く者ならば距離を取るなど然るべき対処を取れることも多い。しかしこちらを理解した上で悪意を向けてくる者程厄介な存在はいない。まああまりこの辺を強く警戒させ過ぎると人間不信に陥るので難しいところだ。

「できることならマーヤさんやラクラみたいに嘘を見抜ける目が欲しいもんだ。やり手は無理でも大抵の相手は対処できるんだからな」

「尚書様は毎回すり抜けて悪さしてきますけどね」

「苦労はするが、お前を謀るのは楽しいぞ」

「楽しまないでくださいっ!?」

さて、最後に締め括りとしよう。ウルフェが誰かさんのような悪知恵キャラになることだけは避けねばならないからな。

「ウルフェ、相手を謀るという方法はそう何度も成功するものじゃない。準備を徹底してようやく一度成功すれば御の字だ。だがイリアスやラクラの様に鍛錬で身に着けた力はいつまでも通用する。一切使うなとは言わないが、純粋に自分を磨けるうちはしっかり磨くように。それだけでも選択の幅は大きく広がるんだからな。特にウルフェは才能がある。あるものを無駄にするのは勿体ないからな」

「はいっ!」

よし、これでよろしくない講義も良い感じにまとまっただろう。イリアスはやや複雑そうな顔をしているが。

「そうだ、せっかくだから地球《こちら》の世界で有名な知将の行った計略とかの話もするか」

「ほう、それは私としても興味深いな」

「私は眠くなりそうです……」

「枕を用意してるんじゃゃねぇよ。まずは……やっぱり三国志辺りだな」

「ししょー、おねがいしますっ！」

この世界の話ならばきっと他の誰かがウルフェに語ってくれるだろう。だが地球の話をウルフェに聞かせられるのは一人だけだ。色々な話をしよう。ウルフェにとって学べることも多いはずだ。いつか独り立ちする時に、良い師匠だったと思われるくらいには語ってやろう。

ちなみにオチはない。話の最中に寝入って寝言で妨害を始めたラクラをどうこうした話なんてどうでも良いことだ。

「良くないですよっ⁉」

◆

メジスにある酒場、そこは冒険者達が賑わう場所。今日も今日とて魔物狩りの健闘を称えあい、酒を飲み飲まれて騒ぎ立てている。騒ぎ立てる冒険者達は互いの卓へと割り込み、絡み合う。しかしある卓だけはまるで存在しないかのように誰も見ない、聞かない、知覚していない。

「相変わらず人払いの結界は便利なものねぇー。ただ注文できないのが難点だけどねぇー」

気だるそうに話す女、格好は露出の目立つ軽装だがそれよりも他者の目を引くのは椅子の背後に突き立てている巨大な鋸状の剣。口を閉じた鰐の口元から覗く牙の列のように乱雑に取り付けられている刃には、装飾とは違った赤黒い錆が所々に付着している。

「姿が見えていたとして、そんな武器を持ち込んでいる奴に注文取りにくる奴はいねぇだろうがボケッ！　ほら、干し肉でも食ってろ」

　女に干し肉を渡すのは引き締まった肉体を持った男。全身を黒いラバータイツのような物で覆っており、その上に急所を守る鎧を取り付けている。両腕に装備している篭手は黒くドラゴンの頭部を模しているかのよう。

「まーないよりましぃー？　ありがとね、パーちゃん！」

「パーちゃんは止めろぶっ飛ばすぞギリスタッ！　せめてもう少し愛着を込めて言え」

「はぁいよぉー」

「口に物を入れて喋んなカスがッ！　ほら喉を詰まらせない為の酒だ」

　残るもう一人の男は椅子に座ったまま酒場の天井を延々と見つめている。脱力し、だらりと下がった腕には、肌が見えなくなる程の大量の鎖が巻かれている。

「ギリスタ、パーシュロ、エクドイク、君達は人払いの結界を張らないと目立ち過ぎではないですかね？」

　フードを被った少年が現れる。年は十歳程度だが、その佇まいは大人のようであり、普通の人間が見れば不気味さすら感じる風格がある。

「あらぁー、ひょっとしてラーハイトーぉー？　可愛くなったわねぇー」

「元の体がユグラ教に封印されてしまいましてね。魂だけ別の肉体に移したのですが、それもバレてしまいましてね。とりあえずは疑われにくそうなこの体でと」

「傑作過ぎて笑い死ぬわボケッ！　ほら、椅子、座れるか？」

「ありがとうございます。さて冒険者の中でも比較的危険な裏仕事を普段からこなしている皆さんを集めた理由ですが、当然ながら危険な依頼です」

「危険ねぇー。法王でも殺してこいって言うのかしらぁー？」

「少し惜しいですね。殺して欲しいのは最近法王の側に現れた男です。その男については皆さんなら一呼吸もいらないと思いますが、その護衛が厄介でしてね。ターイズでも五本の指に入る騎士です」

ラーハイトは二枚の羊皮紙を机の上に広げる。そこに描かれているのはイリアス＝ラッツェルとチキュウから来た男の似顔絵。

「へぇー、女の子なのにぃー強いんだぁー！　私とぉー一緒ぉー！」

「ターイズで五本の指ってことはターイズに行けってことかよクソがッ!?　いつまでに殺せば良い？」

「できるだけ早急にお願いします。そうそう、今ターイズにはエウパロ法王も滞在中です。そちらが終わったら殺してみても良いですよ」

「本当ぅー!?　頑張っちゃおうかしらぁー！」

ギリスタと呼ばれた女は立ち上がり、背後にある剣を床から引き抜く。持ち上げるだけで床が悲鳴を上げるように軋みだす。剣の重量は見た目以上にあり、ギリスタの両足面積では床への負担が大き過ぎる為だ。

「どうもこの人物と私は相性が悪いようで、皆様のような純粋な暴力にお任せするとします」

「自分でできねぇからって押し付けかよゴミがっ！　確かに請け負った。任せてもらおう」

「ええ、お願いしますよ」

少年の姿のラーハイトは笑う。その笑顔は元の姿と共通して、作り物のような不気味さを感じるものであった。

◆

最近は街の賑わい方に変化を感じる。理由は間もなく収穫祭が始まり、それに向けての準備が街でも行われ始めているからだ。収穫の無事を祈るのが収穫祭。国だけではなく村々でも同時開催されるとあってか、祭事の道具を買い出しに訪れる村人達の姿も多い。

ユグラ教の人達は大忙しだ。何せ村ごとに行われる収穫祭全ての主催運営を行うのだ。とは言え、こちらにこれといった負担は増えていない。強いて言うならウルフェの先生をしているマーヤさんが激務の為、教えを乞うウルフェが凄く暇をしているくらいのものだ。

マリトはマリトで収穫祭の準備があり、異世界学習もしばらくお休みとのこと。そしてラクラも家に大量の道具を持ち込み、祭事で使う道具を作る内職をさせられている。単純作業を割り当てられてはいるものの、なかなかエゲツない量だ。そんなわけで邪魔しては悪いと家を出てぶらぶらしているのが現状だ。

「ちゃっかりお土産を要求してきやがって……まあ頑張ってるだけの報酬はあって然るべきだけどな」

「そうだな。そして君は相当暇そうだな」

「マリトのところもマーヤさんのところも忙しい。バンさんも同じく。昼間から『犬の骨』でたむろするわけにもいかない。そりゃ暇にもなるさ」

「鍛錬と言う言葉があってだな」

「よしウルフェ、普段から頑張っているウルフェに何か買ってやろう」

「ほんとうですかっ！」

おいと呼び止めるイリアスの声を聞き流し、ウルフェの頭を撫でる。ラクラにも土産を買うのだ、ウルフェにも何か買ってやらねば釣り合いがとれないだろう。

「ウルフェの部屋にある物はサイラに作ってもらった服と、借りてきた本ばかりだからな。私物を増やすことは悪くない」

「以前荷物が嵩張《かさば》るとか言っていなかったか君は」

「こっちはあまり持たない主義だから良いんだよ。それでもウルフェよりかは色々部屋に置いてあるんだぞ」

主に大量の羊皮紙とペン、そして服が少々。後は宝物入れと相棒、そしてこっそり買っていた彫刻用ナイフだ。木の棒だった相棒を木刀にクラスチェンジさせたり、双六に使用したダイスの製作をしたりで重宝している。うーん、それでも少ないもんだな。

「それに少しは甘えることも覚えなきゃだな。ウルフェならたいていの我侭は聞いてやるぞ」

「ラクラや私とはえらい差があるのは気のせいか」

「気のせいじゃないぞ。ウルフェには色々なことを教える必要がある。生き方や心構えだけじゃない、人への頼り方や甘え方も知っておく必要があるんだ。将来ウルフェにとって必要のないことでも、ウルフェを頼ったり甘えたりする奴だって出てくるだろう。その時にそのことの意味を知っておかないと、ただの迷惑としか感じられないようになるんだ」

普通の子供なら親に甘え、我侭を言い、受け入れられ、拒否され、甘やかされ、叱られ、笑い、泣き、成長する。そして将来相手から受けている感情がどういうものなのかを経験則で把握するのだ。

だがウルフェにはそれがない。何もない時代が長く、他者との付き合い方が不十分なのだ。マーヤさんやイリアス、そしてラグドー隊の立派な方々がいるとは言え、彼らからは弱さを学べない。

彼らの規律正しい生活にのみ触れていれば甘えようなどとは思わないだろう。事実ウルフェは勤勉で従順だ。しかしそれはそのようにしか成長できていないだけのこと。

ウルフェには様々な想いを抱いて欲しい。その上で自分を正しく形成することを望む。

イリアスも幼い頃は通常の家庭だったのだが、そこから先が偏った人生で色々と問題になっていた。そんなわけで同年代のサイラと仲良くさせるよう手を回したのだが、どうやら上手く行った模様。サイラが後日ホクホク顔だった。

「それだとラクラが適任ではないのか？」

「アレに感化されすぎると困る。適度な距離をとらせ、反面教師にしたい」

自由に育って欲しいとは願っているが、ラクラのような性格の弟子は持ちたくない。それでも甘やかしてしまいそうで、悲惨な結末になるのが想像に容易い。大丈夫だよな、大丈夫だよね？

「君もある意味反面教師にすべきではないのか？」

「世渡り上手とダメ人間を一緒にしてくれるな。さてウルフェ、何が欲しいか言ってみろ」

「えーと、うーん、……はいっ、きまりました！」

ついでに言えばこれはウルフェを知る為の試みでもある。ウルフェが何を欲するのかで、ウルフェが誰の影響を濃く受けているのかが分かる。

「ぶきがほしいです！」

「お前の影響かイリアス！」

「私か!?」

「ウルフェもししょーみたいなぶきがほしいです」

「こっちだったか……」

言われてみれば、ウルフェは今まで魔力放出の強さだけで活躍してきたようなものだ。戦闘などを行うのであれば、まともな武器を持つのも良いのかもしれない。

とは言えこの相棒こと木刀のレベルではウルフェには不足だろう。魔力を込めれば十分な破壊力は期待できるが、都度武器が破壊されてしまう。当然ながらこいつを渡すわけにもいかない。

「そういえばウルフェはラグドー隊で色々な武器を試していたと思うが、どう言った武器が好みなんだ？」

「……よくわからないです」

「どの武器でも一通り同じように扱えていたからな」

ふーむ、ウルフェは万能型だとは聞いていたがそこまでなのか。肉弾戦もこなし、武器も大体使いこなせる。一通り学ばせるのも良いが、戦闘において万能タイプと言うのは言い換えれば器用貧乏だ。イリアスレベルにまで育った後ならば色々覚えて損はないが、まずは一つに絞らせた方が良いだろう。

「とりあえず武器屋を見に行こうか。実物を見れば欲しいものも見つかるかもしれない。なければ専門家に聞いてみるのも良いだろう」

「そうだな。私も最近訪ねていなかったが、そろそろ鞘の修理をしたいと思っていた。案内しよう」

そうしてイリアスに案内されたのは街外れにある一軒の店。玄人好みの寂れた雰囲気で、現代日本人の童心をワクワクさせてくれる。

「トールイド、いるか？」

イリアスが声を掛けながら中に入る。それに続いて中を覗くと、その光景に思わず声が漏れた。視界に映るのは大量の武器、その大半が剣と槍だが槌にナイフ、鎖鎌のようなものまである。棚には埃が積もっているが、陳列されている武器の全てが日々手入れされているようで新品そのものだ。

そんな武器達を眺めていると、店の奥からしわくちゃなボロ着を身に着けた、七十代ほどのお爺さんが姿を現した。うおー、あれだ。パッとしない感じだが実は超腕の良い鍛冶屋感が半端ないね！

「なんだぁ、ラッツェルの嬢ちゃんか。最近見ねぇと思ったがついに剣が逝ったか」

「生憎トールイドの鍛えた剣はしぶとくてな。今日は鞘の修理を頼もうと思ったのだ」

「どれ見せてみろ、……お前っ！　お前なぁっ!?　鞘は鈍器じゃねぇんだぞ!?」

あ、凄い真っ当な人だ。今までイリアスが鞘のまま相手を倒したことに触れた者は誰一人としていなかったからな。一応日本では刀の鞘も立派な武器として使っているのだが、少なくともイリアスの剣の製作者の意図ではないようだ。

「そうは言うがな。時折抜こうとすると引っかかってな。だからそのまま振るう機会が増えたのだ」

「そりゃこんだけ歪んじゃあ綺麗に抜けんわ！　……なんだぁ、連れがいるんか？」

「ああ、今日はついでに連れに合う武器を選びに来ている。こっちはウルフェだ。ウルフェ、こちらはトールイドだ」

「ウルフェです、よろしくおねがいします」

「ほう、亜人さんか。――すげぇ魔力量だな。鍛錬が浅そうなくせに、お前とどっこいじゃねぇか。それに比べてそっちの兄ちゃんはなんだ。明日にでも死にそうな弱さだな」

「弱さになら自信はあるな」

「そりゃ強かだな。ところで兄ちゃんも武器を選ぶのか？」

「いや、これで十分だ」

そういって自作の木刀を見せる。この相棒がいれば新しい武器なんて要らないのさ。どうせ使えないし。

「いや、せっかくだから買えば良いではないか。安物でもここの物の質は良いぞ」

「身の丈にあってるから良いんだよ」

「ふん。確かにその体じゃうちの武器はろくに扱えそうにねぇな。木製部品の手入れに使う油があるから、それでも見てくと良い」

「まじか、それはありがたい」

木刀でも手入れは必要なのだ。市場ではニスのようなものがなかなか見当たらず、バンさんに手配してもらおうかとさえ思っていたところだ。待っていろよ、相棒。お前に光沢と言う名の輝きを与えてやる！

「鍛冶屋なのだから武器を勧めたらどうなのだ……」

「その兄ちゃんにはその木剣が似合いだ。自分の強さを理解して自分に合った武器を用意できてんだ。俺の出番なんざ道具を貸すくらいだ」

「褒めてもらえるのは嬉しいが、正直これを振るのも疲れる」

「それくらいは鍛えろ、才能がなくても腕が動けば振るくらいできらぁ」

ごもっとも、やっぱりある程度は鍛えなきゃダメかー。そんなこんなでイリアスとトールイドさんは奥の作業場へ向かった。そしてすぐさまハンマーで叩いている音が店中に響き渡り始めた。

こちらも店の中の探検でも――といかんいかん、ウルフェの武器を見繕わねば。そのウルフェは言われるまでもなく色々な武器を物色していた。手にとっては軽く振って感触を確かめている。

「他の武器や棚にぶつけないようにな」

「はい、ししょー」

言うまでもなく武器のことは専門外だ。個人的な偏見で言うなら素手が一番似合っているとさえ思っている。もっともそれはウルフェの活躍した場面での装備が素手であったからこそだ。

メジスの暗部相手では奇策が成功しただけで、互いの技量の差は圧倒的だった。不慣れな武器を手に取っていれば、ウルフェは確実に負けていただろう。そう考えると魔力操作が行いやすい素手の方が総合的なポテンシャルは高いのではないだろうか。

しかしウルフェは武器を欲しがっているのだから、いまさら素手の方が良いと言うのも気が引ける。いや、待てよ？　そうだあの武器ならば……。

懐から羊皮紙を取り出して早速イメージした図案を描き始める。素人でもアイディアくらいは出るものなのだ。

「まったく、鞘は剣と違って芯がねぇぶん柔らけぇんだ。無茶な扱いはほどほどにしやがれってんだ」

「しかし手頃に殺傷力を抑える時には重宝するのだ。必要な時は使わざるをえない」

よく言うよ。鞘のままで巨大な男の胴体吹っ飛ばした奴がよく言うよ。たまに夢で見るんだぞ、こんにゃろう。

「そんなに言うんだったら今度鞘だけ別に作ってやる。意図されない使い方は道具を傷めるだけだからな。それで白いのはどうだ、良い武器は見つかったか？」

「ううん、どれがいいかまよいます」

「だろうな、体を見りゃ分かる。どの武器にも順応しやすい体つきだが、悪く言えばまだどの武器にも適しきっちゃいねぇ。これだって武器は見つからねぇだろうよ」

「うう……ししょー、えらんでください。ししょーがえらんだぶきならだいじょうぶです！」

ウルフェは困った顔でこちらに懇願してくる。自分のスタイルを決める選択だ。自分で決めろと言いたいところではあるが、今回はウルフェに甘えさせたいと言う名目がある。

「ま、そうくるよな。トールイドさん、ちょっと相談なのですがこれを見てください」

と見せるのは先ほどの羊皮紙。それを見たトールイドさん、少しばかり眉を歪ませ唸りだした。

「なるほどな、そういう戦い方か。確かに面白そうだが……この図案だと強度が難しいな。ここにはこうして……」

ペンを手に取り、図案に描き込みを足していく。どうやら職人の血が騒いできた模様。こうなれば老いも若きも関係なく、二人で相談しあうだけのこと。トールイドさんもやはりこういった武器の開発には心動くものがあるようだ。

「ちなみに無粋な質問ですけど、値段としてはどれくらいになりますかね」

「こっちとしちゃあこういった仕組みを入れた武器は初めてで、上手く行くかも微妙だからな。材料費と時間分の労働代は貰うとして……他の費用は勉強させてもらって……こんなもんか」

羊皮紙に書かれた金額はなかなかのお値段。その辺に並べてあるでき合いの武器より一回りは高いが、今の所持金ならば当面節約に徹すれば払えない額ではない。

「よし、それじゃあ頼みます」

「即決か、愛されてるな白いの」

「……ししょー、いいんですか？」

ウルフェが心配そうな顔でこちらの顔色を窺っている。値段が高いことに勘付かれたといったところか。金銭の大切さをしっかり学んでいるのが窺えるのは嬉しいことだ。

「払えない額なら払えないと断っているさ」

「じゃあ決まりだな。白いの、ちょっとお前の体の寸法を測る。ついてきな」

「は、はい」

「ところでどれ位掛かります?」

「収穫祭関係なく普段から暇していてな、今日からでも着手できる。明日の夕暮れには仕上げてやる」

早くね? この人ドワーフの血を引いてるとかない? まあいいか、手抜きするような人じゃないことは分かっているわけだし。

そして次の日、ウルフェは完成した武器を装備することになる。その姿を見てイリアスも納得だと頷いた。

「なるほど、ガントレットか」

ガントレット、平たく言えば鎧で言う腕の手甲と腕当ての合体した物。籠手である。ガントレットは数キロの鉄塊とだけあって装備したままの打撃は申し分ない。実際に西洋の歴史でもガントレットでの攻撃技が存在し、武器としてのガントレットも存在している。

ウルフェの為に作られたガントレットは当然ながら武器用なのだが、防具としても使えるようにしてある。肘の可動域を妨害しないギリギリの範囲まで複数の金属を組み合わせたプレートが張られている。単純な硬度としての金属と、しなやかで柔軟性に優れた金属を組み合わせることで、防御に使用した際に発生する腕への衝撃を最小限に抑えるようにしてある。また魔力を注ぎ込みやすい希少な金属も層の中に含まれている為に、魔力強化の恩恵も受けやすい。

盾ほどではないが、強固なそれは攻撃を受け止めると言うよりも弾くのに適した構造となっている。

拳の部分にも同様に衝撃から拳を守る構造を組み込んでいるが、手先の器用さを落とさない為に手のひら側には一切の金属は使用されていない。本来ならば剣を持つ際に攻撃を受けやすい親指周りの箇所は金属をリング状に設置して防ぐのだが、別に拳を握るだけなので不要だとそれを取っ払っている。代わりに布地にも魔力を浸透させやすい物を使い、以前使用した猫騙しも問題なく使えるようにしている。

手を余すことなく使えるようにしたガントレット、じゃんけんもできるし箸も使える。格闘戦用に特化した装備だ。

「ウルフェの突進力やその攻撃力は高いが、肉弾戦だとどうしても身体への負担が大きい。ラクラの結界クラスともなれば素手だと本気で殴れないだろう？　だがこれなら思う存分攻撃ができるだろうと言う魂胆だ」

また拳周りにはひときわ大きいプロテクターが取り付けられているが、これにもきちんと理由はある。ついでと言ってはなんだが、足回りにも似たような形の鉄靴と臑当ての組み合わさったものを用意してもらっている。

「できれば体周りの防具も特注してやりたかったが、そこはでき合いでも済ませられるだろうからな」

「……」

ウルフェは指を動かしてみたり、拳と拳を軽くぶつけ合ってみたりと新しい武器に興味津々である。

「白いの、武器を試す前にお前にはこれを渡しておく」

トールイドさんはそういって羊皮紙の束をウルフェに渡した。

「これ……は？」

「兄ちゃんと一緒に考えた仕組みについての説明書だ。この籠手がどういう使い方ができるのか色々書いてある。しっかり読んでおけよ」

「は、はいっ！」


その後はしばらくの読書タイムを挟み、兵舎にてガントレットの試運転を行った。結果は上々。完璧に使いこなすことは難しいだろうが、ウルフェならすぐに形になるだろう。

その日の夜、ウルフェは夕食後すぐに風呂に入って自室に篭った。気になって部屋の外で聞き耳をしてみたが、どうやら鼻歌交じりで装備を手入れしているようだ。気に入ってもらえてなにより、邪魔はしないでおこう。

「尚書様ぁー！　私にも何か良い物買ってくださいよぉー！」

「うるせぇ、『犬の骨』で良い酒買ってきてやっただろうが！」

当然ながらラクラのリアクションは想定内のことだ。その為にゴッズから良い酒を見繕ってもらったと言うのにこいつは……。ちなみに先日酒を購入したので本日はその酒を用いて成人組での宅飲みを行っております。そのせいでこちらもややテンション高め。

「形に残るものが良いんですぅー！　あ、指輪とかどうでしょう？　薬指に嵌められる指輪欲しいなぁー、ちらっ」

「仕事場に括りつける為の首輪と鎖なら特注してやっても良いがな」

「酷いっ!?　そこはせめてネックレスにしてくださいっ！」

「落ち着けラクラ、そもそもそういった贈り物は日頃の感謝を伝える為の物だ。ラクラは彼に世話になってばかりだろう？」

「そうですけど、尚書様ならきっとワンチャンスで買ってくれると思うのです！」

「ねぇよ、そもそも結構な額使ったからお前に回せる金などない！」

「じゃあ貯まったら良いんですね!?」

「お前に恩義でも感じねぇ限り贈り物なんてしねぇよ！」

そもそもプレゼントで言えば、この前の貴族連中とのやり取りの報酬で特注のグラスをくれてやっただろうに。今日は使ってないようだけども。

「入居祝いとか友人料とかくれたって良いじゃないですかぁー！」

「出て行って欲しいし絶縁料なら考えてやらんでもないぞ」

「うわあああんっ！　イリアスさああん！　尚書様が冷たいぃぃ！」

もう嫌だ、この酔っ払い。手軽に喜ぶ品を考えて出てきたのが酒だったのだが、現在進行形の絡み酒の被害でミスチョイスだったと後悔している。とりあえずこいつにばかり飲ませるのも癪なので、こちらも自然とペースが上がる。

「なぁに、なんやかんやで彼に恩を売ることは難しい話ではないだろう。ところでその理論だと私には贈り物をしても良いのではないか？　私もいついかなる時も贈り物は歓迎だぞ？　ていうか寄越せ」

「こ、こいつも酔っ払ってやがる!?」

大人達のだらしない夜は過ぎていく。その頃ウルフェはそんな喧騒を意に介することなく、ガントレットを抱きしめて安らかに眠っているのであった。

04　さしあたって不味い。

いよいよターイズ本国での収穫祭が開始された。本国の収穫祭は三日間連続で行われる。まず初日は開催の儀を大広間で行う。その後運営の人達が祭具を各村に運び、今年の豊作を祝い、来年の豊作を祈願する。

村々では祭具が運び込まれた日に一日規模の収穫祭を行う模様。そして最終日には全ての村を回り終え、本国に使用した祭具を集めてそれを燃やして締め括りとする。その間本国では日夜ドンちゃん騒ぎと言った感じだ。

既に初日に行われる開催の儀は終了し、街は出店や余興で賑わっている。いつもとは違い、普通の露店が激減し、でき合いの物を提供する露店が増えている。

もちろんお祭りよろしく遊べる露店もある。輪投げ、ナイフ的当て、硬い実の叩き割り、ドッグランや騎士達による剣術指南。文明に差はあっても祭りを楽しもうと言う意思はどこも変わりないな。なので楽しまなきゃ損、イリアスとウルフェを連れて適当に見て回ることにした。

ラクラがいないが、あいつも収穫祭当日の仕事はない。と言うのも下手に何かをさせれば却って邪魔になるからだ。用意できる単調な仕事もそう多くはなく、ならばもう外に放置した方が良いと判断された。そして暇を持て余して戻ってこないようにとユグラ教からお小遣いを貰ったそうだ。そんなわけでラクラは一人でこの祭りを満喫している。

多分路銀を使い切ったらこちらにやってくるだろうから、それまでの祭りを楽しまなくてはならない。そんなわけではあるのだが……。

「君はさっきから何を読んでいるのだ」

「ウッカ大司教の記憶の汲み上げが終わったらしくてな。調書の写しを貰ったんだ。後は別個で頼んでおいた手配書だ」

現在ターイズ本国には多くの来国者がいる。収穫祭に合わせて店を出しに来た商人、祭りを楽しもうとやってきた隣国の道楽者や冒険者。これだけ新顔が増えるとなると門番の仕事も万全とは言えなくなる。

もしもラーハイトがこちらへの悪意を向けている場合、このイベントに乗じて何らかのアクションを行ってきてもおかしくはない。事実ウッカ大司教の記憶に関する調書を読んでいる限り、ラーハイトは細々と行動するのが好きなようだ。小まめにウッカ大司教と接触し、常に新しい情報を得ようとしていた。

果報は寝て待てというタイプではないのは明白、そうなると既に次の手段に着手している可能性もある。そこでいくつかの可能性を考慮した上で用意してもらったもう一つの資料がこちら。メジス、そして周辺国で悪名高そうな冒険者の手配書だ。

本体での戦闘でウッカ大司教に敗北している以上、ラーハイトの戦闘能力はさして高いとは思えない。これは別にウッカ大司教を低く見ているのではなく、ラクラの話から推測する状況だ。

ウッカ大司教は技術などに優れているが、大司教の中ではシンプルに才能がないらしい。実戦における強さだけで言えばラクラの方が上だとか。

つまりはラーハイトの実力は高く見積もったとしてラクラ前後と見て良いだろう。戦いよりも頭を使うタイプでの評価としては十分ではあるのだが、そこは置いておこう。

ラーハイトは現在自分の体以外を使っている。つまりは戦闘力がかなり落ちており、直接出向いてくることはないだろう。そうなると人を使うのは確実と見ていい。次に考えるべきはどう言った人材を使うかだ。

既にメジスの暗部達にはユグラ教の監査が入っている。新たな人員を引き抜くことは難しいだろう。そもそも頭脳タイプの奴が一度破れた手段を好んで使う可能性は低い。無論、その発想を考慮した上で意表を突くこともありえなくはないのだが、暗部を再び手中に収める手間が途方もない上に効果が薄い。その辺が容易に想像できてしまう以上、選択肢からは外してくるだろう。

ではメジス以外の国の暗部を利用するのはどうだろうか？　これも可能性は低い。と言うのもメジスが周辺国に暗部へ干渉を行い勝手に操作する輩がいると言う話を伝達済みなのだ。魔王の犬関連は伏せているが、洗脳魔法を得意とし国家間のトラブルを引き起こそうとしていたという話は伝わっている。

ただの隣国からの忠告ならば聞き流すだろうが相手はメジス。各国に多くの信仰者を持つユグラ教の総本山がある国だ。ユグラ教を認可している国ならば危険性があると多少なりとも警戒するだろう。

そういったわけでラーハイトの手駒になりそうなのは冒険者、もしくは悪人付近に絞られる。だが悪人と言っても山賊や盗賊程度では話にならない。

実戦経験のある暗殺者などが好ましいが、それではほぼ暗部と似たり寄ったりだ。別の切り口で攻めるならば冒険者、それも強者を選ぶだろう。だが真っ当な冒険者がラーハイトのような胡散臭い男に従うとは思えない。

洗脳魔法で手駒にする可能性もあるが、ターイズの城門には魔封石が設置してあり、真っ直ぐに入国させれば洗脳魔法は解けてしまう。一度こちらに進入したのだからそれくらいは把握しているだろう。残るは金や地位といった褒賞で操れる連中、悪名が知られた冒険者に視点が行く。そんなわけでそんな連中がこの国にやってきた場合に気付けるよう、手配書を用意してもらっているわけだ。

「しっかし、どこの世界にも悪名高い奴ってのはいるもんだな」

「冒険者と言っても様々だからな。国に登用されるような英雄もいれば、国から追われ犯罪者に堕ちる悪党もいる」

手配書に書かれているのはその人物の風貌、そしてどのような悪名があるかなどだ。国に指名手配こそされていないが、冒険者ギルドからは危険視され出禁になっている者も多々いる。血の気の多さから多くの人間を殺している者、他の冒険者と利益争いを行い多大な被害を与えた者、中には依頼主と揉めて相手を恐喝、殺害した者もいる。

とは言え、現在この国にはラーハイトを倒したウッカ大司教、そしてユグラ教トップのエウパロ法王、ついでにラクラと、ラーハイトが知るだけでも強者が三名もいる。そしてあの日こちらを護衛していたイリアスのことも知っているだろう。そうなると悪名が高くても実力が無い者はほとんどが除外できる。

もちろんラーハイトのように頭脳タイプな冒険者もいるだろうから、そういった臭いがする相手は候補から外さずに覚えておく。

「お、この冒険者は凄そうだな。女でありながら身の丈よりも遥かに巨大な剣を使う、血に飢えた戦闘狂。大規模な魔物退治の際に最前線で最も多くの魔物を仕留めるも、自我を失い他の冒険者まで襲い掛かる。止めに入った冒険者を含め大半を死傷させた……なんでこんな奴を残しておくんだよ」

意思疎通の取れない魔物退治が苛烈なのは想像に容易い。戦争以上に冒険者の心に負担が掛かることだろう。だがどう見てもこいつのやらかした事は発狂と言った類の暴走ではない。自覚した上で暴挙に出た狂人と見て良いだろう。

流石にこんな手の付けられない狂人をこんな大舞台に送り込んでくることはないと考えたいが、いずれ相見える可能性もないとは言えない。

「名前はギリスタ、燃える様な赤い短髪に右目に大きな鉤爪の刺青。乱杭歯の様な刃が付随する大剣を持っている。街で出遭おうものなら一目でわかりそうなものだ――」

辛い、何が辛いって言葉の通りなんだもん。一目でこいつだって分かる風貌の女が視界の先にいる。燃える様な赤い短髪、右目に大きな鉤爪の刺青、乱杭歯の様な刃が付随する大剣を背負っている。

ここが日本なら有名人のコスプレかな？　ははっ、と笑う所なのだが、どうもそういうわけにはいかないようだ。散々能書きを垂れた矢先にフラグ回収とかもう流行りでもないだろうに、いい加減にしてくださいよ。

「どうした急に立ち止まっ――」

イリアスも見つけた模様。どう見ても手配書に書かれているギリスタと一致する。白昼堂々と祭りの賑わいの中を闊歩している。

落ち着こう、落ち着くんだ。確かにあの女がギリスタだとして、ただの観光客である可能性も否定できない。ラーハイトの送った刺客ではなく、ただの犯罪者である可能性だって……ああ、ダメだ。こっちと目が合った途端、凄くいい顔してきやがった。二人で凝視していたんだ、そりゃ気付かれるよな。

ギリスタは視線を外すことなく、真っ直ぐにこちらへと歩み寄ってくる。

「イリアス、ここで暴れられると不味いよな？　どこがいいと思う？」

「できれば城門外が好ましいが……広場は騎士達の出し物として演舞用のスペースがあったはずだ」

「完全に放置できないよな、アレ」

「無論だ。幸いにもこちらに殺気を向けている。移動すればすぐに追いついてくるだろう」

なるべく人だかりの少ない場所で迎え撃つべきだろう。イリアスとてその体は一つ、できることは多くても同時にできる数には限りがある。

「よしウルフェ、担いでくれ。屋根伝いで広場を目指すんだ」

「はいっ！」

ウルフェは軽々とこちらの体を持ち上げる。そういや久々に女性の肩に担がれるな。ウルフェはその場で跳躍し、軽々と屋根まで到達する。イリアスはワンテンポ遅らせるつもりか、まだ動いていない。

ギリスタの様子は――って、なんだ？　彼女はまだこちらに近づいていない。だと言うのに背中にある剣を握り、構え出した。視線はこちらを見たまま笑っている。まさかこの距離からでも攻撃が届く――いや、違う！

「イリアス、止めろっ！　奴の狙いは周りの人達だ！」

「あーっはぁっ！」

ギリスタは掛け声と共に大通りの中央で大剣を豪快に振り回した。巨大な衝突音が周囲に響き渡り、その衝撃でギリスタの側にいた人々が吹き飛ばされる。だが斬られたわけではなく、その斬撃はイリアスの剣によって止められていた。イリアスも気付いていたのだろう。周囲の者を跳ね除ける突進を以って、躊躇なく飛び込んだことで最悪の結果だけは防げた。

「躊躇なく無辜の民を狙うか、外道が！」

「だってぇー、逃げようとしたのはそっちだよねぇー？　民を守る騎士様ぁー？」

ギリスタが追撃の一撃を振り下ろすと、轟音と共に振動が周囲に伝わる。二合目の衝撃を以って周囲の者達はようやく現状の危険さを理解し、騒ぎ始めた。

「皆離れろ！　巻き込まれたなら即座に死ぬぞ！」

イリアスの声と共に周囲の人々が逃げ惑う。これは……集団パニックが発生してしまったようだ。とは言え今は周囲の人々には距離を取ってもらう他ない。

イリアスが突き飛ばした人々も現状を理解し、離れ始めている。だが一合目の衝撃で吹き飛ばされた人達は逃げ遅れている。大剣の間合いから離れてはいるが、彼らは周囲に散らばっている。つまるところイリアスはその場を動けない。動けば即座に動けない彼らが大剣の間合いに入ってしまう。

「ししょー、どうしますかっ!?」

ウルフェも困惑顔で彼らの様子を心配している。周囲に人が残っている状態ではイリアスとて戦いにくい、だが彼らを全員避難させることができるのか？

突然の衝撃で吹き飛ばされた者達は徐々に起き上がり、現状を理解しつつ避難を始めている。だがその中には地面に打ち付けられたダメージで満足に動けていない者もいる。避難している者達に残された者を連れて行くように指示を出すか？　いや今は自分の身が最優先、指示を出したところで従ってくれる者はいないだろう。

「……ウルフェ、近くに行くぞ」

「でも――」

「これだけ騒ぎを起こしたんだ、すぐに他の騎士達も駆け寄ってくるはずだ。それまでの時間を稼ぐぞ」

「……はい」

屋上から飛び降り、ギリスタと斬り合いを始めているイリアス達の側へと寄る。何合目かで鍔迫り合いとなり、両者の剣が止まる。ってイリアスの腕力に拮抗しているのかこの女!?

「馬鹿っ！　何故今のうちに逃げない!?」

「あらぁー、そっちまで来てくれたんだぁー？　うーれしぃー！」

「昼間っからとち狂った戦いを始めてくれたな。ギリスタ、で間違いないか？」

「はーいぃ！　その通りぃ、ギリスタちゃんでぇーっすぅ！　私の事をぉ、知ってるのねぇー？」

拮抗状態だと言うのに、ギリスタにはまだ余裕があるように見える。イリアスも負けていないのだが思うように動けていないようだ。見ればイリアスの足が地面に陥没している。なんつー剣圧、いやさっきの轟音からしても物量的な重さも相当ありそうだ。ひとまずはウルフェに降ろしてもらう。

「ラーハイトも物騒な奴を送り込んでくれたもんだな」

「あーらぁ、あららぁ、何の話かしらぁー？」

「とぼける必要はない。ラーハイトが先日宣戦布告してきたからな」

「あらぁ、そうだったのぉ？　私はぁ、聞いてないんだけどねぇー。ラーハイトも人が悪いわねぇー」

「嘘に決まってるだろ馬鹿がッ！　そんなハッタリに引っかかるとは迂闊だな」

突如怒声がギリスタの背後から飛び込んでくる。いつからいたのか、明らかに強そうな冒険者風の男が立っている。全身を黒いアンダーで覆っており、その上から軽装な鎧を装備している。ウルフェと同じ武器だろうか、黒いドラゴンを象ったガントレットが目につく。

「あっはぁー、騙されちゃったのぉー？　ひっどぉーいぃー」

「ラーハイトのチキン野郎がそんな真似するかマヌケッ！　だがギリスタには良いひっかけではあった。そこは評価しよう」

何だこいつ、キレ気味に喋ったと思ったら表情まで大人しい好青年に切り替わってやがる。情緒不安定とかそういう問題じゃないだろ。

「ごめんねぇープァーちゃんー」

「変に伸ばすな口縫い合わすぞっ！　いい加減普通にパーシュロと呼んでくれよ」

確かリストにそんな名前が……あった。パーシュロ、『拳聖』グラドナの弟子であり後継者候補であったが、同門の弟子達を大勢殺したとして破門される。その後は冒険者や用心棒として生計を立てる。

実力は確かだが、かなりの気分屋で仲間や依頼主を何度も殺害しており、それらが明るみになった以降は裏の住人として活動している。

こいつもろくな奴じゃないな。しっかし狂人に気分屋、ラーハイトもつくづく相性の悪い相手を送り込んできてくれたものだ。というか敵の援軍は来ているのにこっちの援軍は来ないのか!?

「そぉーそぉー、他の騎士様達の到着を待っているのなら無駄よぉー」

「なんだと？」

「人払いの結界をこの周辺に張ってもらってるのぉー。去るものを追わずぅ、来る者を拒むぅ、そんな結界なのよぉ？」

周囲の様子を確認する。言われて見ればこれだけの騒ぎを起こしておきながら周囲が静か過ぎる。先ほどまでパニックで逃げていた人々の声すら聞こえていない。となれば現状だけでどうにかするしかないのか。

現在イリアスとギリスタの周囲半径十メートルには五名、動けない一般人達がいる。ギリスタの武器は異常な重さであり、加えてイリアス相手にも力負けしない剛力だ。以前戦ったギドウのアンデッド状態と互角、もしくはそれ以上と見るべきだろう。そしてイリアスとしてはあまりギリスタに大剣を振るって欲しくない状況、打ち合う衝撃で一般人達がダメージを受ける距離なのだ。あまり時間を掛ければパーシュロが動き出す可能性もある。

「イリアス、距離を作れ！」

「できない、ここでこいつを自由にしては周囲の者達に危険が――」

「距離を取るんじゃない、作れと言ったんだ！」

「――ッ！　そうかっ！」

イリアスがギリスタの大剣を跳ね除ける。これでギリスタは再び大剣を振るうことができるようになった。だが――

「ひとまずお前が離れろっ！」

間髪入れずに放たれたイリアスの蹴りが、ギリスタを後方へ吹き飛ばした。ギリスタは即座に空中で一回転、以前見せたカラ爺の様な動きで大剣を地面に突き刺し、その威力を殺しきってみせた。

「痛いわぁー女性のお腹を蹴るなんてぇ、酷い騎士様ねぇー」

「ああ、それは悪かったな、だがもう蹴る必要はない！」

今度はイリアスがギリスタに斬りかかる。位置がずれたことで二人の剣戟が発生させる衝撃の範囲にはもう一般人はいない。これでようやくまともに戦闘ができる。だが動けるようになったイリアスの攻撃をギリスタはしっかりと防いでいる。少なくとも以前戦った暗部以上、山賊の首魁であったドコラレベルと見て良いだろう。

「あらぁ、嫌だわぁ、貴方ってぇー私より強いわねぇー」

だが自力の差ではイリアスに優位がある模様。イリアスの連撃を捌けてはいるが、反撃には転じられない様子。

「こっちの存在を忘れてるんじゃねぇよガキ、よもや二対一が卑怯とは言うまい？」

ギリスタの背後からパーシュロがガントレットの一撃をイリアスに見舞う。イリアスはその攻撃を防ぐも押し返されてしまう。その隙をギリスタが逃さず詰める。

「もちろん私も忘れちゃぁ嫌ぁよぉー」

「それはこっちのせりふっ！」

大剣を振りかぶったギリスタにウルフェの蹴りが入る。ギリスタは再び後方に吹き飛ばされた。今度は完全に意表を突かれたようで受身を取れず、地面へと叩きつけられた。

「あらぁ、あらあらぁ、可愛い子犬ちゃんが突然飛び出してきたわねぇー」

ギリスタはゆったりと起き上がる。気だるそうに、ゾンビのように、それでいて余裕を感じさせる。あの馬鹿でかい剣ごと吹っ飛ばす二人の蹴りを受けて、なんでピンピンなんだよ、あの女⁉

「パーシュロォ、私動物の世話って苦手なのよねぇ、そっち任せても良いかしらぁ」

「獲物を勝手に選んでんじゃねぇよクズがっ！　物足りないが良いだろう」

ギリスタがイリアスに、パーシュロがウルフェに狙いを定める。イリアスの方はまだ良いとして、ウルフェの方が心配だ。倒すよりも倒されないように時間を稼ぎ、イリアスの合流を待つべきだろう。

「ウルフェ、勝ちに行くなとは言わないが、無謀な攻めは控えろ。相手との力量を正しく測れ」

「はいっ！」

ウルフェの突進による一撃をパーシュロはガントレットで受け流す。その衝突を合図としてイリアスとギリスタも再び斬りあいを始めた。展開は先ほどと同じで、イリアスが力と速度でギリスタを追い込んでいく。

「まともな斬りあいじゃあ勝てないわねぇ、それじゃあこういうのはどうかしらぁ」

ギリスタが剣を引きながら半歩下がり、自分の剣の間合いからイリアスを離した。だがイリアスも止まるつもりはなく、即座に距離を詰めようとする。

「いただきまぁすぅ！」

突如大剣が分かれた。鋸状に見えた大剣がまるで鰐が口を開けたかのように開いたのだ。イリアスは急停止、そして後方へ飛ぶ。上下から襲い掛かる牙は空を切り、互いの顎同士で激しい音を立てる。

「――魔剣の類か」

「そうよぉ、この剣は魔族が使ってたとされている子なのぉー。血を飲み、肉を食い千切り、骨を噛み砕くのが大好きなのよぉ」

ギリスタの剣はまるで生き物のように蠢き出す。そして再び巨大な口を開く。

「さあぁ！　さあぁ！　さあぁ！　さあぁっ！　とっても美味しそうな騎士様を踊り食いましょぉ！」

ギリスタは噛みつく大剣を振り回す。閉じて、開いてを繰り返す剣の動きは完全なランダム。上から下に振り下ろす際に口が閉じようものなら、左右斜め上からの斬撃になる。斜め下から上に振り上げる際に口が開こうものなら足と頭部を同時に襲う斬撃に切り替わる。間にいれば噛み砕かれ、回避しようにも剣の振りと噛み合わせはまったくの不規則で難しい。攻めに転じればあらゆる攻撃が同時に行われるのだ。無論、剣が不規則に形状を変えるのであれば防御は難しいはず。しかしイリアスが返す刃をギリスタはしっかりと防いでいる。ギリスタはあの剣の不規則な動きをしっかりと熟知しているのだ。

「面倒な武器だ。捌き難い上に人の魔力を喰うとは」

「そうよぉ、この子の噛みつきは周囲の魔力も喰い取っちゃうのよぉ。例え攻撃が当たらなくてもねぇ」

なんてこったい。それが本当ならああやって慎重に戦うだけでも、イリアスは相当な速度で魔力と体力を削られていると言うことになる。イリアスの表情からではどれ程の魔力を奪われたかは定かではない。だが体感できると言うことは、決して少なくないはずだ。

ギリスタがこの調子だ。ウルフェの方は大丈夫だろうかと視線を移すと、こちらも旗色が悪そうだ。

「雑魚過ぎてやる気もでねぇなクソがっ！　魔力の高さだけは認めるが他は未熟も良いところだ」

ウルフェは小刻みな攻撃を繰り返すも全てを回避、防御されている。ラグドー隊を相手にしている時と同じように技術の差があり過ぎる。幸いなのは相手がまだ本気になっておらず、一撃も反撃をしてきていないと言うことか。このまま様子見をしている間にイリアスが状況を打開してくれればいいのだが。

「飽きたな、そろそろ死ねやこの雑魚がぁっ！」

気分変わるの早いって⁉　パーシュロの動きが突如加速し、その拳が振り下ろされた。ウルフェは咄嗟に防御するも、威力を殺しきれず弾き飛ばされて壁へと叩きつけられた。

「ウルフェッ⁉」

だがこちらが安否を確認するよりも早く、ウルフェは即座に壁を蹴ってパーシュロへと飛び込んだ。ひやひやするな、ちくしょう！

「ところでギリスタが魔剣使いで、相方である俺がただのガントレット使いだとは思っていないよな？　燃え尽きろや、獣がぁ！」

咆哮と共にパーシュロの両腕が黒い炎に包まれた。迎撃の火拳がウルフェに届く瞬間、ウルフェが真横へと弾ける。ウルフェは咄嗟に魔力放出をして突進の軌道を変えたのだ。そうしなければ勝負は決まっていた。

ウルフェの突進して来た方向が巨大な黒い炎に包まれる。それは壁まで届き、壁を黒く炎上させていく。

「石作りの壁が燃えているだと……⁉」

「このガントレットから生み出される炎は物を燃やすが、その実炎ではない。対象の魔力を燃え上がらせる特質を持たされた魔力なんだよぉっ！」

そりゃあご丁寧に説明どうも。しかしそれは不味い。要するに魔力を燃やす魔力と言うわけだ。その炎はウルフェが回避に放出した魔力に引火し、一気に燃え上がっている。

もしも魔力の塊であるウルフェが直撃を受ければと思うとぞっとする。引火した瞬間に魔力放出で引き剥がせる可能性はあるが、炎を灯油の水圧で吹き飛ばすようなものだ。下手をすれば大炎上する恐れもある。

実力差もあると言うのに、相手には必殺の炎がある。どう贔屓目に見てもウルフェが不利だ。かと言ってこちらが戦闘に割って入ったところで確実に足手まといになるだけだ。話の通りならば魔力のないこの体は引火しないはずではあるが、普通に周囲の空気や土は燃えるだろうし、そもそも肉弾戦が通じない。

今できることはギリスタ、パーシュロのことを少しでも理解してその突破口を見つけることだけだ。ただ相手は理詰めではなく、不条理な暴力を持ってこちらを虐殺しようとしているのだ。こういう手合いは理解の範疇に収まるか微妙だ。

でもそんな弱音を考えている場合でじゃない。少しでもできることをするべきだ。くそ、体に巻きついている鎖が重い。……鎖が重い？　いや待て、何で体に鎖が――

「ぐあっ!?」

突然全身に強烈な圧迫感を受け、体が浮く。あまりの突然のことで即座に状況が飲み込めない。何があった、現状を把握するんだ。

今この体は鎖で締め上げられ、そして建物の屋上からぶら下げられている。真上へと視線を向けると、そこには空を見つめながらぶつぶつと呟いている男がいる。

こちらを縛っている鎖はその男の両腕から伸びていた。大人一人を雁字搦めにしている長さを消費しておいてなお、その男の両腕には素肌を覗かせまいと鎖が巻きつくしてある。

「ししょーっ⁉」

「まだいたのかっ⁉」

「当然いるわよぉ、私やパーシュロじゃぁ人払いの結界なんて張れやしないんだからぁ。でも良い仕事じゃないエクドイクぅ」

迂闊だった。相手の強さに意識が向き過ぎていて、その数については意識の外だった。ギリスタもパーシュロも単体で十分な脅威だ。二人が現れたことでそれで終わりだと思考が止まってしまっていた。その迂闊さのツケを要求するかのように、鎖が生き物のごとく体を締め付けてくる。

「ぐっ、がっ……」

不味い、意識が遠のく。こいつらがラーハイトに従ってこの場にいるのならば目的は本、またはその本を解読できる存在だ。つまりここで気を失おうものなら、もう目覚める可能性はかなり低い。だがそこまで思考が回った時にはもう、完全に意識が途絶えてしまっていた。

◆

体の痛みで意識が戻る。ああこの感じ、懐かしい。最近は筋肉痛もなく平和な日々だったが、さて現状はどうなっていることやら……確認せねばなるまい。

目を開き視覚情報の確認。どうやら屋内に転がされている模様。外の明かりがほとんど入らずに薄暗く、埃の多い汚い部屋だ。誰かが住んでいると言う感じではなく、恐らくは空き家だろう。メジスの暗部、ヘイド達も主人亡き家を利用していたしな。

体は……鎖ではなくロープでがっちり拘束されていて、腕と足は使えそうにない。この辺で記憶が鮮明になり、ギリスタとパーシュロとの戦いが始まったと思ったら、いつの間にか現れた男に全身を鎖で締め付けられていたことを思い出した。

ギリスタは何と言ったか、エクド――そうエクドイクだ。手配書は捕まった際に落としてしまったので照らし合わせはできない。と言うより縛られているのだから何もできないですけどね？　ただ雰囲気だけなら三人の中でもぶっ飛んでやばそうだった。そう考えると今生きていることはなんて奇跡なのだろうか。

三人目の登場がギリスタやパーシュロで、こちらに危害を加えていたら今頃死んでいただろう。さらに気を失ったとは言え、それで拘束を解いたとは思えない。その後に何かしらのやりとりがあり、三人はイリアス達から逃げたと見ていいだろう。流石に二人が負けたとは……思いたくない。

脱出を試みたいところではあるが、ロープの拘束はびくともしない。試しにもがいてみるが、体を倒せるかどうか程度だ。口を塞がれていないので大声を出せば助けを呼べるかもしれないのだが……今は止めておこう。声の聞こえる範囲に奴らがいる可能性が高い。

自力での脱出が無理だと判断していると、先ほどの三名が扉を開けて入ってきた。

「あーらぁ、お目覚めかしらぁ？　おはようの腕一本でも貰おうと思ったのにぃ、残念ねぇ」

「優しく起こしてくれる女性はこの世界にはいないのか」

「捕まってる分際で偉そうじゃねぇかガキがっ！　肝は据わっている様だな」

「捕まっている分際で質問が許されるなら話を聞きたいんだが、ラーハイトからは殺せと言われたんじゃないのか？」

「そうよぉ、だからちゃぁーんと殺してあげるわよぉ」

「理由は簡単だ、お前を利用する為だ」

会話に割り込むようにエクドイクが口を開いた。なんだ喋れるのかこいつ、ってギリスタもパーシュロも凄い顔で驚いている。

「驚いたわぁ、貴方普通に喋れたのぉ？」

「ビックリして殺すところだったぞカスッ！　なかなかの珍事だな」

「必要があると判断したときにしか話すつもりはない。お前らの様な狂人共と仲良く話すつもりがないだけだ。さてチキュウ人、ギリスタが言ったとおり俺達がラーハイトから受けた依頼はお前の抹殺だ。だがそれ以外にも自由に標的を選んで良いと言われている」

「……人質か」

地球人が希少な為、不本意ではあるが人質としての価値はそれなりにあると考えて良い。それはそれとしてエクドイクの存在はありがたい、ギリスタやパーシュロの二人との会話は疲れそうだからな。

「そうだ。ギリスタはイリアス＝ラッツェルとの決着を付ける為、パーシュロはエウパロ法王を誘き出す為にお前を人質にする旨を了承してもらった」

「それで、エクドイクだったか。あんたはどうなんだ？」

「ラクラ＝サルフを殺す。その為にお前を利用させてもらおう」

ここでまさかのラクラ、あいつ何をしでかしたんだよ。この状況でつまらない理由だったら空気読めとしか言えない。

「ギリスタとパーシュロの目的は大体理解できるが、ラクラに殺意を向ける理由が知りたい。話せるなら聞かせてもらえないか」

「父の仇だ」

うーん逆に分からなくなった。あいつが人を殺すような人間には見えないのだが。無論実力はある。しかしあのラクラが生きていく上で人殺しという選択肢を選ぶだろうか？　……いや、一つあるな。

「悪魔にでも育てられたのかお前は」

「――ラーハイトが警戒するだけのことはあるな。俺はある村で贄として父に捧げられた赤子だった。文字通り悪魔だった父は赤子を喰らうよりも、俺を余興として育てる道を取った。自分達が差し出した赤子に村を滅ぼされる様を見てみたいと言う理由だけでな」

なるほど、悪魔みたいな考え、いや悪魔だったな。しかしそんな奴に育てられたと言うのに律儀に敵討ちか。随分と口が軽いようだが、この様子ならもう少し探れるだろうか。

エクドイクには自身の目的を優先している傾向が強く感じられる。この場にいる者はラーハイトに従っていると言うよりは、各々の利害が一致しているタイプの人間だ。そうなればこれはラーハイトとの心理戦ではなく、目の前にいる三人とのやりとりでしかない。奴から言葉を探る為に必要そうな切り口は――

「愛情を育まれたようには見えないが、そうなると名誉の挽回が理由か」

「その通り。父は人間である俺を愛することはなかった。それでもわが身可愛さ故に赤子を差し出すような存在よりも遥かにマシだった。こうして今も生きながらえているのも、父によって鍛え上げられた故だ。だがその父は未熟な聖職者、ラクラ＝サルフによって殺された。それにより父の名誉は傷ついた。人間からの評価も、悪魔からの評価さえもだ」

「攫った理由はそれか、ラクラを正々堂々と打ち倒したい為に戦う理由を作ったわけだな」

「あの時ラクラ＝サルフが結界を破壊して現れた。できればあの時に決着を付けたかったのだが、他の付随品が邪魔だったからな。それで今に至るわけだ。喜べチキュウ人、奴らを誘き寄せ殺すまでは生かしておいてやる」

「そいつはありがたくて涙が出るね」

気絶している間に起こった流れは大体理解できた。こちらが気絶してすぐにラクラが人払いの結界を破り乱入、続いて騒ぎを聞きつけて集まってきた騎士達が多数、あの場に現れたのだろう。その後三人は逃走、まんまと逃げおおせ空き家の中に隠れたと言ったところか。

「心配しなくてもぉ、ちゃぁーんと私が殺してあげるわよぉ。どんな死に方が良いかしらぁ、斬り殺されるぅー噛み殺されるぅーそれともベッドの上で昇天するぅ？」

「あ、最後のでお願いします」

そりゃ選べと言われたら最後のを選ぶだろう。男なんですから。ついでに言えばその殺され方が決定されるなら、ことが終わるまでの間は無事を確保できるだろうしな。

「……ぷっ、あっはっはっはっはぁっ！　素直な子ねぇ？」

「正直じゃねぇかガキがっ、だが希望があるならそれで良いだろう」

「ところでぇエクドイクぅ、この子を今すぐ殺さないのは良いんだけどねぇ？　逃げられないように足を削いでおいちゃダメかしらぁ？」

目の前に大剣が突き立てられる。うぞうぞと蠢く表面が実にバイオチック、それは止めてくれ、止めてください。

「こちらは脆い生き物なんだ。足なんて斬られたら死ぬぞ」

「だぁいじょうぶよぉ、私こう見えても止血魔法とかって大得意なのぉ」

別に意外さは感じないけどね。冒険者だし嗜虐趣味にも使えそうだし。とは言えこのまま足を斬られては堪らない。その痛みだけで心が折れかねない。他の二人に止める様子は見られないし……こりゃダメだな。こうなれば仕方がない、痛い思いで五体満足ならそれで良しとしよう。

体を強引に傾け、大剣に向かって倒れこむ。大剣はびくともしないが、こちらの体が大剣の牙にひっかかって肩が負傷する。すっごい痛い、思った以上に牙が鋭かった。薄皮どころか肉も少し削れたかもしれない。肩から血が流れ、服を濡らしながら地面に垂れているのを感じる。

「あらあらぁ、何をしているのかしらぁ？」

「うおお、いってぇ……。いやなに、そこまで得意と言うなら先にその止血魔法を見せてもらおうと思ってな。嘘だったら嫌だしな」

「心配性ねぇ、その位の怪我なんてほらぁ、この通り――あらぁ？」

ギリスタはこちらの肩に何らかの魔法を使用したようだが、傷には何の変化も現れず血は全く止まっていない。いやぁ、試しておいて良かった本当。

「なんだ使えねぇなクズがっ、どうしたお前らしくもない」

「体質上の問題でな、魔力が少ないいんだ。だから治癒力を上げる回復魔法などの恩恵が得られなくてな。失血死する前に証明させてもらった」

「――ギリスタ、こいつは大した力もない。衣服も調べたが武器はそこの木刀だけで拘束を自力で解くことはできない。今のままで十分だ」

「残念ねぇ、きっと良い声で泣いてくれると思ったんだけどねぇ？」

ははは、怖い怖い。怖すぎて冷や汗が止まらないですよ、ほんと。だってこいつらやると言ったら絶対躊躇ないもん。極道さんやマフィアだって必要とあればそういうことをやれるだろうけど、娯楽でやるのはその中でもさらにぶっ飛んでる連中だけだ。

逃げ出すことは不可能で、今できることは少ない。だがゼロではない。イリアス達とて動いてくれてるだろうし、その間こちらもやれるだけやるとしよう。

最後の一人であるエクドイクの目的、思考が理解できたことで多少の安心感は得られた。奴の口ぶり、ラクラへの怒り、仲間ですら会話をしないというのにこれ程の雄弁さ。

ギリスタやパーシュロの戦闘以外での側面もそれなりに見ることができた。ああ、こいつらは常識人と比べたらだいぶ狂っている。知れば知るほど、その異常さは際立ってくる。

だが知ることができると言うことは、理解できると言うことだ。それならやることは変わらない。少しばかり立場が危険なだけで支障は何もないのだから。

「……あらぁ、そんな目もできるのねぇ？」

「――不快に思ったならもう少し自分を省みてくれないか。職業病で相手を見ていると自然と似てくるんだ」

「そんなことないわぁ、私はその目好きよぉ？」

「ああ、だろうね」

「不気味なガキだなクソッ、ラーハイトが殺したがる理由が良く分かる」

こちらの変化に相手も反応を示してきたようだね。だけど今ので目当ては付いた、君を狙わせて貰おうか。

「そう物騒な話をしないでもらえるかな。『私』は只の弱者だ。君達の誰もが造作なく殺せる、とてもとても弱い存在だよ？」


彼が攫われてしまった。護衛を任されておきながら、何と言う不甲斐なさだ。突如現れた第三の敵に彼が捕らえられ、あわや殺される寸前だった。だがその手は突如止まった。ラクラが人払いの結界を破壊して現れたからだ。

彼女曰く所持金が尽きて彼を捜していたところ、妙にきな臭い気配がした方角に進んでいたら騒ぎが発生。急いで向かうと、騒ぎの場所に向かおうとしていて近寄れない騎士達を目撃。そのことから人払いの結界の存在に気付き探知、破壊を試みたとのこと。

ラクラが現れたことでもう一人のエクドイクと呼ばれた鎖使いの男は夥しい殺気をラクラに向けていた。一触即発は免れないと思いきや、現場に多くの騎士達が集い始めた。戦況が不利と見るや三人は彼を連れて逃走を開始した。

追跡を試みたが魔封石を所有していたようで探知魔法では追えず、今に至る。エクドイクは去り際に『邪魔が入った、追って連絡する』と言い残していた。彼は恐らく人質として生かしてあるのだろう、だが……。

「イリアスさんは悪くありません。あちらの人数が多かったのだから仕方ありませんよ。あ、尚書様を入れるとお揃いですけど、むしろ尚書様は足手まといですし」

「ラクラ、ししょーのわるぐちだめ！」

ウルフェも先ほどから一度も座っていない。先ほどから周囲をうろうろしており、ピリピリと怒りと不安の感情を表に出している。

「うう、ごめんなさい。それにしても何であの鎖男さん、私にあんなに殺気を向けていたのでしょう？　あそこまで恨まれる覚えはないと思うのですが……うーん」

確かにエクドイクから感じられた気配、あれは明らかに表の世界に生きている者が持つものではなかった。表舞台で活躍しているラクラとの接点はあまり考えられない。

「奴らは悪党だ、関係者を捕らえたとかそういう関係だろうか」

「対人戦なんて訓練でしかやったことないですよぉ。魔物や悪魔退治ならそれなりにやっていますけど」

「だが何にせよあの場でラククが現れたのは助かった。あのエクドイクという男は間違いなく彼を殺す直前だった。恨みを持ったラククが現れたことで矛先が君に向かい、騎士達の到着によって場を仕切りなおそうと彼を生かしたまま連れて行ったのだ」

「尚書様の命を救えたのは嬉しいですけど、素直に喜べませんねぇ……」

エクドイクからは強い意思を感じていた。恐らくはラククを自らの手で始末したいと思っているのだろう。ギリスタも同様だ。私と戦うことに対して執着心を抱いていた。再戦を挑んでくる可能性は十分高い。

「でも心配ですね。話の通じるようなまともな方々には見えませんでした……尚書様が生きている可能性は高いとしても、果たして無事なのでしょうか……」

それは分からない。街中で無関係な者達を平然と巻き込み利用する外道達だ。彼を人質として扱う際に、はたしてまともな対応をしてくれるであろうか。逃げられないように四肢を斬り落とすくらいは平然とやれるだろう。嫌な想像を脳裏に浮かべ、思わず手に力が入る。彼の意識が早く覚めれば、上手く立ち回ることができるかもしれないのだが……。

「イリアス様！　このような手紙が門の見張りの元に！」

飛び込んできたのは番兵の一人だ。門ならば番兵が必ずいる。連絡を取るのであればその周囲に来る可能性は十分あった。だがその様子からそれ以上の進展は見られないと判断して良いだろう。手紙を受け取り、開く。

『日付が変わる時、ラクラ＝サルフ、イリアス＝ラッツェル、エウパロ＝ロサレオの三名を西の城壁側の広場にて待つ。同行者は白い亜人のみ可とする。周囲にそれ以外の気配を感じた場合、人質を即座に殺す』

ラクラを指名したのはエクドイク、私を指名したのはギリスタだろう。エウパロ法王に関してはパーシュロ、またはラーハイトの指示と考えて良いのだろうか。ウルフェの同行を可とする文面に関しては……パーシュロだろう。決着を付けたくば来い、と言わんばかりである。

「私達に関しては問題がない。だがエウパロ法王の指名は……」

彼が捕まったことは既に陛下に伝えてある。陛下は私達三人に同じ場所での待機を命じた。奴らが再戦を望む可能性は高いと判断しての処置だ。その考えは見事的中しているものの、エウパロ法王はこの場にはいない。それどころかターイズ本国にいないのだ。各村で行う収穫祭の道具の運搬に同行し、村々へと外出してしまっている。今から早馬を走らせ、事情を説明し駆けつけて貰ったとしても、指定の時刻には間に合いそうにない。

「早馬は出す。だが後はラッツェル卿達だけで行くしかあるまい」

「陛下っ！」

陛下が姿を現す。その表情は穏やかではない。当然だ、陛下にとって彼は有益な人材であり友なのだ。それを分かっていながら私は……。

「後悔も反省も後回しにしろ。奴らとてこちらが彼の安否を確認してくることは折込済みのはずだ。手段を選ばずに動かれて困るのは奴らだけではない。ラッツェル卿、こうなった以上は貴公の責任として戦い抜く他ないだろう。ユグラ教のラクラには彼女の補佐を頼みたい。相手は姿こそ人間だが、中身は魔物以上に醜悪な者達だ」

「はい、分かりました。尚書様を無事助けられるよう尽力いたします」

ラクラは既に戦闘に応じるつもりだ。彼の為に命を張る覚悟を即座に決めたのだ。私も悔やんでいる場合ではない、全力を持って彼を救わねばならない。

「ウルフェ、君は残るんだ。君の同行を許可したのは恐らくパーシュロだが、奴の強さはかなりのものだ。技術だけで言うならばギリスタを超えている」

「いやだ、ウルフェもいくっ！」

「しかし――」

「イリアスもいくなといわれたら、いかないの？」

「……相手は強い、ウルフェを守り通せる自信はないんだ」

「まもらなくていい。わたしたちはししょーをまもりにいく。それだけっ！」

決意の目だ。過去この目をした者を説得できたことはない。今のウルフェにとっては彼がすべてと言っても過言ではない。彼がウルフェの今を、未来を与えたのだ。彼の為だけではない、ウルフェ自身の為に彼女は戦う決心をしている。それを止めることはできない、行かなかったことを後悔させない方法など存在しない。

「正攻法で勝てる相手ではない。全力で勝つ方法を模索するんだぞ」

「うんっ！」

「それはラッツェル卿にも言えることだ。戦闘だけならば正攻法で勝てたとしても、彼を救う為には不利な状況を打破する必要がある。騎士の誇りが邪魔するようならば捨てる覚悟で挑め」

「……はっ、この時だけは彼の救出を第一に考えます」

騎士として彼を守りきれなかったのだ。今更誇りを気にしている場合ではない。何よりも彼を救うことを考えなければならない。……だがそれ以上に懸念していることがある。

彼はドコラと会話している最中に奴と似た雰囲気を纏い始めていた。もしも彼があの狂人達と接していて、彼らを理解しようとした場合、彼がどこまで染まってしまうのか。願わくは無事でいて、平穏なままで事を済ませたい。装備の確認を済ませ、私達は指定された場所へと向かうのであった。

05 さしあたって勝負は分からない。

世界への想いが色褪せたのはいつの日だったのか、思い出せない。だがそれは記憶が汲み取れないほど昔と言うわけではない。きっとそんな日はなかったのだ。

少しずつ、少しずつ削れて行くように、その価値は壊れていった。いや、世界の価値は変わってないない。変わったのは自分の抱く、世界への価値観だろう。

美しい光景を前に、また見たいと心ときめく時がある。美味い食事を済ませた後に、また食べたいと心残す時がある。素敵な者達にまた会いたいと、心傾く時がある。世界の価値を知っている、理解している。

だと言うのに、どうしてこうも色褪せて見えるのか。世界の醜悪さを知ってしまったからだろうか。世界の恐ろしさを味わってしまったからだろうか。世界の闇に身を委ねてしまったからだろうか。いや、そうだとしたら良き物を認める価値観なんて残ってないだろう。

きっともっと簡単な話なのだ。光だの闇だの、正義だの悪だの、そんなところを行き来して、世界と向き合うことに辟易してしまったのだ。

自分よりも恵まれた者がいる、不幸な者がいる、優れた者がいる、劣っている者がいる、何と言うかもう様々な者がいる。様々な要素の組み合わせ、時と場合による変化、それらを把握し理解して活用する。こんなことを続けていれば疲れもするだろう。

熱を上げることも、拘ることも、意固地になることも、ふとした切っ掛けでその活力を失うのだ。だからこんな生き方を望んでしまうのだ。気楽だと、心地良いと噛み締めるのだ。些細な願いを踏みにじらないで貫いたい、『私』はただ無難に生きたいだけなのだ。

適度に選んで、適度に行動して、適度に感動して、適度に満足できればそれで良い。それすら邪魔をすると言うならば――

◆

ターイズにはいくつかの広場がある。最も広いのは中央の広場だが、他の広場も民に愛される憩いの場としてその歴史を持っている。この広場とて、本来ならば収穫祭の出し物で賑わっていたはずの場所だ。だが今では誰もが忘れ去ってしまった場所のように静まり返っている。広場の街灯に使われている魔石には、祭りに備えて自然に蓄積される以上の魔力が込められている。日付が変わろうとしている今でも結構な明るさで周囲を照らしており、それがより不気味さを増しているような錯覚を受ける。

この場所が指定された後、即座に撤去活動が行われた。民達への説明には虚偽の理由が配られ、周辺の家々の者達も避難させられている。

ある程度離れた場所には騎士達が待機している。万が一の事態があれば、彼らがこの場所を制圧するのだろう。だがそうなる時は彼が、そして私達が命を落とした時だ。

ここにいるのはウルフェ、ラクラ、そして私の三名。結局エウパロ法王がこの場所に来ることは叶わなかった。まずはそのことを理由に彼に危害が及ぶことを避けねばなるまい。

「約束の時刻だ！　いるのならば姿を現したらどうだ！」

「あーらぁ、あらあらぁ、指示した面子にしては足りないんじゃないのぉ？」

物陰からギリスタとパーシュロが現れる。しかし彼とエクドイクの姿はまだ見えない。

「俺の指定は無視ってかクズがっ、違えると言うことはそう捉えても構わないのだな？」

「エウパロ法王は朝からこの国の外、村々を巡っている。物理的に来れる状況ではなかった。計画的に呼び出すのならばそれくらいは把握しておいて貰わねば困る」

「あらやだぁ、パーシュロォー、私達の無計画さがバレちゃってるわぁ？」

「そもそもお前が考えなしにおっぱじめたからだろうがボケッ！　逆を言えば今のエウパロ法王はろくな警備もなしに外にいるという訳だ」

「そうねぇ、こっちが終わったら法王様を殺しに行くのもありよねぇ？」

「人の獲物を齧るなバカがっ、だがもう一つの獲物はきちんと来たようだから楽しませてもらうとしよう」

「ししょーはどこだっ！」

ウルフェが怒りの形相でパーシュロ達へと問いかけるも、それで怯むような二人ではない。むしろギリスタは嗜虐心を刺激されたかのように笑い、こちらに大剣を向けてくる。

「ごめんなさいねぇ、あんまりいい眼で見つめられちゃって我慢できなかったのぉ、ほら彼の血の臭いがするでしょう?」

怒りに飲み込まれてはいけない。確かに真新しい血の跡はついているがごく僅かだ。致命傷とは思えないし、そもそも彼の血ではないのかもしれない。

だがウルフェにはその血が彼のものだと臭いで分かったのだろう。弾けるように飛び込もうとしたのをラクラが押さえる。

「ああもう、ウルフェちゃん! あんな安い挑発に乗っちゃダメですよ!?」

「そうだぞ、ウルフェ。落ち着け」

「――ッ!? ししょーっ!」

彼が姿を現した。良かった、無事だったのか。肩には包帯を巻いているものの、それ以外は特に異常はないように見える。これといった拘束もされておらず、つい安堵の息が漏れる。とは言え背後に凄まじい殺気を放っているエクドイクがいると言う点に目を背けるわけにはいかないが。

「エクドイクッ! てめぇなんでそいつの拘束を解いてやがるアホッ!? 自由にするメリットなどないだろう?」

「知れたこと。お前達がこの場で求めることは闘争だ。人質がいるから本気になれなかったと言い訳をされたいわけでもないだろう? この場から逃げようとしたのならば、その時に殺せばいい」

「それもそうよねぇ、私はイリアスと本気で殺し合いを楽しみたいのだからぁ、そういう枷は要らないわよねぇ?」

「もしも逃げるようならパーシュロ、お前の炎で焼け。確実に捕えられ、庇われても一人は倒せるだろう」

「それでお前らの獲物が焼かれても知らねぇぞボケッ、そういうことだから大人しく見ていてもらおうか」

「ああ、最初からそのつもりさ」

彼が危険な位置にいることは変わりない。もしも彼を逃がそうとしたり、彼自身が逃げようとしたりすれば、標的が彼に移って危険が増すだけだ。しかしあの様子では上手く立ち回ったと見ていいのだろう。

「周囲に人払いの結界を張ってきた。これで勝負中の邪魔はない」

エクドイクは両腕を大きく持ち上げ一気に振り下ろす。すると夥しい鎖が腕から大量にずれ落ち、地面へと広がっていく。

「さあ、我が父を殺したラクラ＝サルフ！　父の名誉の為に死んでもらおうか！」

「……あのー、エクドイクさん、私人殺しの経験はないのですけれどもぉ……」

場の空気をまったく読まないラクラ、いや今の発言を心当たりのないまま受け入れたくはないだろう。私も流石に口を挟むと思う。

「ラクラ、そいつはお前が昔退治した悪魔の一人に育てられたらしいぞ」

「なんと！　それでエクドイクさんからは人ならざる存在特有の嫌な感じがひしひしと感じられたのですね」

悪魔に育てられた。そんなことが在り得るのか？　だが仮にそうだとすれば悪魔狩りを行っているラクラへの恨みはあるのかもしれない。それにしても彼はそんなことまで聞き出していたのか。

「そうだ、あの日お前が倒した大悪魔ベグラギュドこそ我が育ての父！　司祭の地位にありながら、戦闘以外が完全無能という屈辱の烙印を捺された貴様如きに敗北し、全てを失った父の名誉を俺が取り戻す！」

「酷い言われようっ⁉」

確かに父親の仇敵がラクラだったらと思うと、その滾る気持ちは分からないでもない。私も似たような感じになりそうだと、多少ではあるが同情してしまいそうになる。

「あのー、ついでにもう一つお聞きしたいのですがよろしいですか？」

「なんだ」

「その大悪魔ベグラギュドさんってどんな悪魔でしたか？　恥ずかしながら今まで滅ぼした悪魔はどれも同じ程度でしたので」

「……決めた、貴様は考えうる限り惨たらしく殺すっ！」

「何故にっ⁉」

何と言う煽りっぷり。ワザとならば大したものだが、恐らくは天然だろう。その挑発効果は抜群で、エクドイクの表情は一層険しくなっている。

「エクドイク、その無自覚なバカにお灸を据えてやれ！」

「尚書様までっ⁉」

彼もいつもの調子のようだ。こんな時だと言うのに……緊張が少し解けたが、気合は入れなおさねばなるまい。

そう思った瞬間、エクドイクがラクラに仕掛けた。大地に降ろした鎖がまるで意思があるかのようにラクラへと飛び掛かる。しかしラクラの張った結界が鎖の突撃を防いだ。

その攻防を皮切りにギリスタ、パーシュロも動き出す。誰もが広範囲への攻撃を得意とするタイプ、混戦だけは避けなければならない。相手の望み通り、ギリスタが動く前に飛び込む！

「猛烈ねぇ？　嬉しいわぁ！」

「嬉しがっているところ悪いが、遊びはなしだ！」

剣同士がぶつかり合う轟音と共に、戦いの幕が切って落とされた。

◆

イリアスとギリスタ、ウルフェとパーシュロ、そしてラクラとエクドイク。エウパロ法王が来れないことは知っていたので、この状態は予期していた展開そのものだ。

イリアスに関しては単純に信じるのみ。ラクラの実力は測りきれていない。エクドイクの戦闘スタイルも初見なので祈るばかりだ。

問題があるとすればウルフェだ。パーシュロの強さは本物、以前倒した暗部よりも格上と見ていいだろう。正攻法では間違いなく勝てない。イリアスの合流を待つか、奇策を練る必要がある。

攻めているのはウルフェ、パーシュロは攻撃を丁寧に捌きながら時折牽制を入れている。ウルフェは普段から格上相手に鍛錬していて、そのおかげもあってか大技を狙わない傾向がある。徐々にエンジンの回転数を上げるように手数で猛攻を仕掛けるのが基本的なスタンスだ。一発逆転を狙うのは追い詰められ、窮した時のみ。

対するパーシュロはと言うと最初は様子見、そしてある起点を以って攻めに転じる。力の差は歴然だが、噛み合うスタイルだ。あとはウルフェが自分のポテンシャルをどこまで発揮できるかどうかだが、仕込みは済ませてある。不測の事態にのみ備え、助言の用意をして待つとしよう。

◆

「さぁーっ！　削り食べてあげるわぁ！」

ギリスタは数合打ち合った後、すぐに魔剣の力を解放してきた。獣の口のように開いては閉じる不規則な大剣の剣筋、その攻撃を回避したとしても周囲の魔力を喰らってくる。

一度に削られる魔力量は一割未満だが、長期戦に付き合うのは下策だ。と、普通なら思うところではあるのだが、そうも言っていられない。

打ち合いの最中、ギリスタは時折隙を見せてくる。だがその隙は攻めてはいけない、罠だ。大剣を振り回す腕力、その狂気に染まった振る舞い、それらとは裏腹に、狩人のような綿密さが彼女にはある。これ見よがしな隙を作り、そこを攻め込ませ確実に返す。

攻めなければじりじりと相手を消耗させる。そのスタイルは速攻型ではなく持久型なのだ。無論攻めなければ勝てないのは当然のこと、ウルフェのこともある。

ならばどうするか、用意された隙を突かず、隙を作れば良い。ギリスタの周囲を動き回りつつ、手数で牽制していく。

「その大剣、かなりの大きさだがそれ以上に異質なのは重さだ。比重が鉄よりも遥かに重い」

「そうよぉ、とっても重いのよこれぇー」

「そうだろうな。魔力強化で腕力を底上げしなければ持ち上げることすらできないだろう。そしてそれを振るうには相応の踏み込みが必要になる」

「それがどうし――ッ！」

ギリスタの体が沈む。言葉通りの意味だ。今彼女の周囲の足場は土ではなく砂になっている。

「土魔法の一種だ。その体重で砂場の上で踏ん張れるか」

「狡い真似をするのねぇ？」

「ワザと隙を作るのと大差あるまい！」

踏ん張りの効く台地からの踏み込み、力の入った一撃を加える。ギリスタは剣を振るうも砂場に足を取られてバランスを崩している。そして体勢を立て直す為に強引に地面に大剣を突き立てた。これで剣は封じた、引き抜く暇など与えない。一気に飛び込み、剣を振り下ろす。

「貰った！」

「こっちがねぇ！」

突如大剣が激しく蠢く。そしてこともあろうか大剣は直角に捻じ曲がり、開いた。魔剣は地面に突き立ててあった状態から顎を広げこちらを待ち受ける形へと姿を変えたのだ。鋏の様な頑強な印象を与えておきながら、その実は自由に捻じ曲がる軟性を併せ持ち、自在に相手を迎え撃てる。それがこの魔剣の正体か。既にこの勢いは殺せない、魔剣は再び頑強さを取り戻しその顎を閉じる。

「残念だったわねぇ」

「そっちこそな」

「――ッ!?」

魔剣の動きが止まっている。こちらは無事だ。軟体に変化することは想定外であり、隙を突いたつもりがしてやられてしまった。だが硬くし直したのは失敗だったな。

魔剣の顎はこちらが放った鞘をつっかえ棒にして、その動きを止めている。鋼鉄の鞘が徐々に歪んでいく。やれやれ……またトールイドにどやされるな。

ギリスタを見据える。初めて見せる焦りの表情、これが詰みになると察している顔だ。魔剣を軟体に変化させるまでの予備動作や変化に掛かる時間は既に把握している。

「この――」

「遅いっ!」

剣を一閃、ギリスタの両腕が宙を舞ったのを確認した。

◆

ラクラとエクドイクの戦いは矛と盾の戦いだ。夥しい長さの鎖を自在に操って叩きつけるエクドイクに対して、ラクラは堅牢な結界を持って防御する。全方位から絶え間なく襲い掛かる鎖の猛攻ではあるが、その結界を突破することは叶わないでいる。

「あのー、止めにしません？　私は人を殺めるつもりはないのですが……」

「俺は悪魔の息子だ。戦う理由ならそれで十分だろう聖職者！」

「そう言われましても、人間じゃないですか貴方」

「――――ッ！」

攻撃は激しさを増すばかり、エクドイクはどんどん逆上していく。ラクラの言葉一つ一つがエクドイクの神経を逆撫でしている。こいつワザとやってないか？

しかし相性とは大事だなとつくづく思う。回避を許さぬ範囲攻撃、一撃の威力は大地を容易く抉り取る。一般人が巻き込まれようものなら一瞬でひき肉になっているだろう。もしもエクドイクがウルフェと戦っていれば、ウルフェはとっくに敗北していると断言できる。

「うぇーん、尚書様ぁ！　この人聞く耳持ってくれませんー！」

「いや、戦ってやれよ……」

「だっていつも魔物や悪魔相手だったんですよ!?　加減とかできないんですよぉ!?」

「貴様ァッ！」

エクドイクの鎖が宙で形を構成し、家すら両断しかねない巨大な斧と変化する。あやとり上手だな、おい。

「潰れて死ねぇ！」

「もうっ、危ないですね！」

ラクラは結界を解除、そして斧に向けて手をかざす。すると振り下ろされた斧が命中する寸前に停止した。良く見れば斧の周囲に結界が張られ、その動きを阻害されている。

「物騒な武器はこうですっ！」

ラクラが手首を返すと結界内に縦横に等間隔の線が無数に入り、そのまま掌を閉じると線が面と変化、結界が無数のブロックとなって互いの表面を滑り、空中でバラける。まるで人体切断マジックを透明な箱、かつタネなしで見せられたような気分だ。ラクラは結界を発生させ対象の動きを封じ、さらに結界を分断して対象までも一緒に分断してしまったのだ。巨大な斧は無数の鎖が絡まって作られたもの、それを縦横無数にぶった切ってのけた。

結界の解除と共に、切断された鎖の破片が地面へと落ちていく。なるほど、あれだけの切断力を生物に使えば大抵の存在なら殺せてしまうだろうな。

だが今の技は初見の相手を高確率で倒せる技、エクドイクの武器を無力化させる為だけに使ったのは迂闊だろう。

「さあ、もう諦めてください。貴方の武器はもう壊れましたよ！」

「壊れた？　どこがだ？」

　エクドイクの握り締めていた鎖が動き出し、周囲の散らばった鎖を絡め取る。すると千切れていた鎖は一瞬液状になったかと思うと再び鎖の形へと戻っていく。それだけではない。最初は奴の腕を覆い隠す程度の鎖だったはずだ。だが今の鎖の量はどうだ。明らかに増えており、その総量は既に家一つの内部を鎖で埋め尽くせるほどだ。あの鎖もギリスタの魔剣と同様、通常の理から外れた存在なのだろうか。

「まあ、便利ですねぇ」

「この鎖は我が怒り、我が怨念！　決して潰えぬ無限の連鎖！」

　再び波状攻撃がラクラに襲い掛かる。ラクラは瞬間的に結界を張りなおし防御に専念している。

「うう、尚書様ぁ！　どうにかしてくださいよぉっ!?　できたら代わってくださいっ！」

「そこに一歩でも近寄れば死ぬわっ！」

「じゃあヒントをぉ！　なんでも良いですからぁっ！」

　ラクラはエクドイクを人として見ている。そして人を決して殺さないと決めているのだ。傷つけることにすら抵抗を持っている。例え自分が殺意に晒されていてもだ。

　聖職者らしいと言えばらしいのだが、無力化する術くらい持って――いや、対人間の訓練を一切やっていないと言うことは、ラクラが持っている技は全て必殺のものなのか。ラクラの使う魔法はどれも一級品、その威力が段違いなのだ。どれを使ってもエクドイクを殺してしまう危険性がある。だから攻められないのだ。

「お前の攻撃で倒せないなら他の攻撃で倒せ！」

「ええっ!?　……イリアスさーん！」

「他の仲間に頼るなっ！」

「どうしろとっ!?」

鎖の波が結界ごとラクラを飲み込む。そして大地を削り、結界の全方向を包み込んでしまった。

「このまま魔力が尽きて圧死しろ！」

「うわあああんっ！　うごうごしていてムカデみたいいいいぃっ！」

以前の状態と一緒だ、結界を解けば即座に即死する攻撃が襲い掛かる。解いた瞬間に魔法を放てばどうにかなるかもしれないが、結界内で放てば自身が危ういし、解除してからの動作が遅れたのならば間違いなく死ぬだろう。

……よし、あれは放っておこう。イリアスがフリーになったらウルフェを助けて、その後余裕があったらどうにかしてやろう。まだ余裕ありそうだし。

「あ、でも虫じゃないなら怖くないですね。ていっ！」

鎖が吹き飛び、周囲に残骸が舞った。突風がこちらまで届いてきた。風魔法の一つだろうが……あいつ、躊躇なくやりやがったな。

「虫の時は無理だとか言ってたくせに……」

「虫を吹き飛ばしたら体液が飛んでくるじゃないですかっ！」

「そんな理由かよ」

だがこれでラクラは再び動けるようになった。とは言えエクドイクの攻撃は終わらない。再度鎖を再生させて次の攻撃の準備に入っている。

「終わらせるものか、何度でも何度でも何度でもっ！　我が怒りの重さを思い知らせてやる！」

「もう十分分かりましたからっ！　ううん、どうしたら……あ、そうだ」

ラクラが何らかの魔法を発動し、足回りに奇妙なモヤが見えるようになった。

「死ねぇっ！」

「嫌ですよっ！」

襲い掛かる鎖をラクラは跳躍で回避した。身体能力の低いはずのラクラからは想像もできない高さの跳躍、さっきの魔法はこの跳躍に関係するものなのだろう。

「逃がすかっ！」

鎖は即座に空中へ伸び上がり、ラクラへと襲い掛かる。ラクラは空中で何度も跳躍し、鎖の猛攻を回避していく。いいなーあれ、便利そー。

それはさておき、結界を使用しない理由はこちらの助言に気付いたのだろう。こちらが意図を察した時、ラクラはエクドイクの真上にて周囲を完全に囲まれている。

「さあ、逃げ場はもうないぞっ！」

「まだありますよっ！」

ラクラは再び風魔法で頭上の鎖を吹き飛ばし、さらに上空へと逃げ道を作る。しかし繋がっている鎖はすぐさま再生し、ラクラを追いかけてどこまでも伸びていく。

「どこに逃げても無駄だっ！」

「いえ、この辺で十分でしょう」

真下から伸び上がる鎖がラクラに触れる瞬間、結界に阻まれた。ラクラはその展開された結界へと着地する。スカートを押さえている辺り、ラクラらしい。

「また結界かっ！　自分の身を守ってばかりでいい加減戦えっ！」

「嫌ですっ！　それにこの結界は私を守っているわけじゃありません」

「何――」

エクドイクが現状に気付く。ラクラの張った結界、それはラクラの周囲を守る物ではない。エクドイク、そして伸びた鎖を覆う縦長の結界なのだ。

「これで閉じ込めたつもりか！　どんなに強固だろうとお前の魔力が尽きるまで攻撃を加えれば――」

「貴方の鎖、魔力を大量に吸った影響か普段の状態よりも質量がかなり増えていますよね？」

縦長の結界に横の断線が次々現れる。先程斧と化した鎖を断ち切ったものと同じ技だ。

「貴方の鎖はどんなに断ち切っても、その手から魔力を通せば再生する。でも逆に言えば貴方と触れていない鎖は只の鎖ですよね？」

断線が面へと変化し、縦長に伸びた鎖を連続して輪切りにする。そして、切断面のみ結界が解除される。

「なっ⁉」

「鎖から魔力を通して再生するのに数秒ほど、ですが数秒もあれば、この大量の鎖を貴方に向けて落とすには十分ですっ！」

「ラ、ラクラ＝サルフウウウゥゥッ！」

前後左右に避けることも叶わない。短くなった鎖ではまともな防御も無理だろう。膨大に増えた鎖の雨がエクドイクの断末魔ごと飲み込んだ。

「思いを重いと知ったのは貴方でしたね。……尚書様っ！　助言通りやりましたよっ！」

「いや、これ死んでないか？」

「……じ、自滅はセーフですっ！　私は悪くありませーんっ！」

殺さずの精神ではなかった。ただ自分の手を汚したくないだけのクズだった。感心した思いを返せ。

鎖に埋め尽くされていたエクドイクだが、死んだか気を失ったのだろう。増加した鎖が見る見る縮小していく。残ったのは適度な長さの鎖と、倒れて動かないエクドイクの姿だった。無事ラクラは勝利したようだ。

他はどうだろうか。イリアスに視点を向けると同時にギリスタの腕が吹き飛んだ。どうやら優劣がついたようだ。

ウルフェの方へと視線を向けるがこちらの展開は変わらずだ。だが、周囲に変化があった。つまりは、くる。

「かあっ、使えないクズばっかりじゃねぇかっ！　仕方ない残りは俺一人で倒すとしよう。遊びは終わりだ亜人ッ！」

パーシュロの両腕に黒炎が発生する。相手の魔力に引火し、燃え上がらせる特質の炎。パーシュロもやる気を出してきたようだ。

奴の気まぐれには外的なスイッチが関係している。条件は何でもいい、ただ周辺に大きな変化が起きた時に奴は気分を変える。エクドイクの撃破、ギリスタが深手を負うことが同時に起こったことで気分のスイッチが切り替わったのだ。

ウルフェの様子は——悪くない。だいぶ温まってきているようだ。髪が徐々に発光を強めている。体内の魔力が活発に動きだし、外に溢れ出しているのだ。これならばあの技も通用するレベルで使用できるはず。まだ勝負は五分五分だ。

◆

首を刎ねるつもりが、咄嗟に大剣を手放して回避されたことで腕二本を斬り落とすに留まった。武器を手放すことで身軽になったギリスタは足場の悪い箇所から脱出する。

「あらあらぁ、やられちゃったわねぇ。首が残ってるだけマシかしらねぇ？」

「まだ余裕があるようだな。だがその手では武器は握れまい。それともエクドイクの鎖のように腕を修復する術でも持ち合わせているか？」

「腕の治癒はできるんだけどねぇ、時間が掛かるし、落ちた腕を洗わなきゃでこの場じゃ難しいわねぇー」

ギリスタの持つ回復系統の魔法、そのレベルの高さは既に血の一滴も零れていない止血された傷痕を見れば一目瞭然だ。

「くっつけるまではできるけど、もう剣は振れないわねぇ。私の負けで良いわぁ。命が欲しいって言うのならぁ、足掻かせてもらうけどねぇ」

戦意は確かに喪失している。トドメを刺すべきか、だがパーシュロはいよいよ本気を出し始めている。ギリスタも熟練の冒険者だ。腕はなくとも時間稼ぎくらいは可能と見て良い。ここで時間を潰されるのはウルフェの命に関わる。幸い彼の周辺の護りはラクラがいる。ならば小細工をされても対応は可能だろう。

「逃げたければ好きにしろ。おかしな動きをすればすぐにトドメを刺す」

「見届けさせて貰うわぁ。まあパーシュロまで負けそうなら私は逃げるけどねぇ」

ギリスタを捨て置き、ウルフェとパーシュロの戦いへと向かうのだった。

◆

先程まで一方的に攻めていたウルフェだが、今は防戦一方だ。それもそのはず、パーシュロの纏っている炎は他の魔力を引火させる特質を持っている。

パーシュロの攻撃を受けるのはもちろん、炎を纏っている腕で防御されてもウルフェは引火してしまうのだ。特に両腕には肉体を硬化させる為に一定以上の魔力が込められている。練度の程度が浅いウルフェは、膨大な量の魔力を強引に込めることで高水準の硬度を保っている。だが今回はそれが却って危険性を増してしまっているのだ。それは全身に灯油を浴びて戦っている様なもの、かといって魔力を減らし押し込めようものなら身体能力や防御力が一気に低下、純粋に殴り殺されてしまう。

そんな状態で攻撃に転じたパーシュロの攻撃を回避しきっているのは、現在のウルフェの調子が良いからだ。序盤の戦闘でウルフェのギアはトップレベルまで上がっている。魔力強化の度合いで言えばウルフェのそれはパーシュロを超えている。単純な身体能力で言えばこの広場にいる者の中ではイリアスに続き二番目なのだ。そのハイスペックと時間を掛けて研ぎ澄まされた集中力を回避に回せばご覧の通りである。

「ちょこまかと蝿みたいに飛び回るんじゃねぇよ雑魚がっ！　防戦一方ではこちらも飽きるぞ」

「そうか、では攻めに転じさせてもらおう」

飛び込んでくるイリアスの攻撃を防ぐパーシュロ。完全に背後から狙った一撃にもかかわらず危なげなく、防いでみせた。

「なんだ、ギリスタは降参したのかよビッチめっ！　一対一の決闘に割り込むとはとんだ騎士道だな」

「何とでも言え。他者を巻き込み、人質を餌に相手をおびき出す外道の言葉が刺さる道理などない！」

続く攻撃をパーシュロは後方へと飛んで回避し、距離をとった。そしてガントレットで防御されたことでイリアスの剣には黒い炎が引火してしまっている。

「――ふん」

しかしイリアスは剣の一振りで黒い炎を振り払ってみせた。

「わぁ、イリアスさん凄い器用ですね。剣に流していた魔力を全部先端に集めて、黒い炎の侵食を食い止めちゃってます」

「解説ご苦労ラクラ。イリアスはあの炎の特性を良く把握しているようだな」

ならばウルフェにもと言いたいが、ウルフェの武器はガントレット。引火してしまえば振り払うのは難しいだろう。加えてイリアスの技術があってできる芸当だ。センスのあるウルフェが一朝一夕で真似をするならば、せめて槍ほどの長さの武器が好ましい。

「まあ二人でも三人でも構わねぇよゴミ共っ、丁度良いハンデになる」

手招きで挑発をするパーシュロ。イリアスを前にしてもその余裕の表情は変わらない。返事を待つまでもなくイリアスは攻撃を繰り出す。

パーシュロはその攻撃を容易く回避、しかしイリアスの背後から飛び込んでくるのはウルフェだ。

「それで奇を狙ったつもりか馬鹿がっ、燃えてしまえ」

ウルフェの拳を黒炎に包まれたガントレットで防御、ウルフェは即座に離脱する。引火したと思われた拳だが炎は燃え移っていない。

「小細工かゴミめっ、そちらの騎士の技か」

「結界を張るのがラクラだけの専売特許と言うわけではないのでな」

イリアスはウルフェのガントレットの表面に結界を張る。結界とて魔力の塊、黒い炎に触れれば燃え上がるのだが解除する事で炎は行き場を失う。一度につき一回限りのバリア、イリアスとウルフェが接触しなければ張り直すことはできないが手数は確かに増えている。

「私が飛び込む。ウルフェは反撃を受けることを避け、的確に攻撃を入れるんだ」

「うんっ！」

即席のタッグだが、互いの実力や動きは熟知している二人だ。パーシュロの表情にも余裕が少なくなっている。……そろそろか。パーシュロを見つめつつ、両手を構える。

「──今だ」

両手を叩き合わせる。だがこの音に誰かが反応すると言うことはない。しかしそれとは別に戦いに変化が現れた。

「さてこれはどうか、さっさと燃え尽きろや雑魚共がっ！」

パーシュロが勢いよく大地を踏みつけると、それに呼応した黒炎がパーシュロの周囲を燃え上がらせる。飛び込んでいたイリアスとウルフェは咄嗟に距離を取り回避するも、黒い炎から飛び出してきたパーシュロの蹴りがイリアスに命中してしまう。

「ぐっ⁉」

イリアス自身の表面にも結界を張っていたのだろう、一瞬引火するもその炎は消え去った。ただそれなりのダメージは受けてしまっているようだ。ターイズ流結界の防御力はユグラ教のものと比べ天と地ほどの性能差があるように感じる。元々は毒霧などを吸い込まない為のもの。物理的な障壁としての効果が低いのだろう。

ここにきてパーシュロの戦闘スタイルがガントレットを駆使した拳重視から、足技を多用するスタンスへとシフトしている。ガントレット経由で黒炎を発生させていることには変わりなく、拳型に比べ黒炎の量は少なめではあるが、それでも脅威は落ちていない。

即座にパーシュロはイリアスに追撃を繰り出してくる。次々繰り出される足技を前にイリアスが圧され始めている。

「先程の威勢はどうした、防戦一方か女ぁっ！」

「――っ、甘く見るなっ！」

何発目かの蹴りを防御したタイミングで、イリアスが反撃を開始する。もう新たなパーシュロのスタイルに順応できたようだが……そう甘くもないか。両手を叩き合わせる。

「――イリアス、さがって！」

「甘く見るなだぁっ!?　甘いんだよ、死ねやクソボケがぁっ！」

パーシュロは拳をイリアスに向けて突き出した。届く距離ではないがウルフェの警告に何かを感じ取ったのか、イリアスは素早く距離を取る。

その瞬間、イリアスが直前まで居た場所を黒炎が包み込む。拳、蹴りと来て次は放出に切り替えてきたようだ。

「うわぁ……多機能ですねぇ、あのパーなんとかさん」

「パーシュロな。だが本当に厄介な奴だ」

ギャラリーとの暢気さとは逆に、三人の戦闘は激しさを増していく。パーシュロとイリアスが交互に攻め合い、ウルフェが割り込む隙を狙う。だがパーシュロへの有効打が生まれない、生み出すことができない。

イリアスの戦闘センスの高さは確かだ。数合打ち合うことでパーシュロの動きに慣れ、防御から攻撃へと転じていく。だがイリアスが攻めに転じきろうとすると、パーシュロが攻め方をガラリと変えてくるのだ。

まるで炎使いのように炎を操り放出したと思えば、炎の剣を作り出し騎士の如く斬り込んでくる。炎の剣に慣れたと見るや両腕に炎の爪を発生させ、まったく新たな格闘スタイルで攻める。常に新しいスタイルで攻めるだけではなく、時折過去に見せたスタイルに戻すなどその変化はまるで読めない。

「パーシュロの基本的な強さも驚異的だが、一番の厄介さはその気まぐれさだ。同じスタイルを維持せず、気まぐれで構えを変えていく。相手の出方を窺いながらギアを上げていくイリアスやウルフェには辛い相手だな」

「そうですね。ところで尚書様はさっきから何をパチパチさせて――」

「ラクラ、正面にだけ結界！」

「――はいっ！」

ラクラが結界を張った瞬間、黒炎がこちらに飛んできた。透明な結界のおかげか、炙られていないはずなのに体が焼かれてるかのような錯覚を受ける。

「おいうるせぇぞクソガキっ！　戦わない奴が余計な真似をするな」

「そりゃあパチパチと気が散らされたら怒りますよねぇ。うわぁ結界が燃えてるぅ!?」

どうやらこちらのやっていることに意味に気づいたか。そりゃあ何度もやってりゃ気付かれるだろうが……もう十分だろう。

「――イリアス、注意！」

「ああ！」

ウルフェの警告、そしてその直後にパーシュロの攻撃手段が変化する。警告を受けていたイリアスは危なげなくその変化に対応している。

「ウッゼェなあくそがっ！　くだらん知恵をっ！」

既にパーシュロからは余裕の表情が消えている。それもそのはず、ウルフェは既にパーシュロのスイッチが切り替わる予兆を理解しているのだ。

さっきから手を叩いていたのはウルフェやイリアスにその予兆を気付かせる為の行い。パーシュロは極度の気分屋で口調やスタイル、はては思考パターンすらも切り替えている。だがその切り替わる直前にはそれぞれの癖があるのだ。

気分に関しての切り替え条件は周囲の大きな変化、エクドイクやギリスタの敗北がそうだ。口調の変化に関しては息継ぎ、もしくは言葉を切る時だ。

当然戦闘スタイルの変化にも予兆がある。これればかりは表面上では感じ取り辛いものだが、既に時間を掛けての観察は済んでいた。心を読み解くことに比べれば、相手の雰囲気を読むことはさほど難しいことではない。

とは言えそれを口頭で二人に伝えることは危険だった。こちらの反射速度が遅い上、下手をすると混乱を招きかねない。だからその為のハンドクラップ、ウルフェ達に音による反射的な刷り込みを行ったのだ。

切り替わる予兆を感じた瞬間に手を叩く音を聞き、そしてパーシュロの動きの変化を目で確認する。これらのパターンが繰り返されることで、ウルフェはパーシュロの気分がスイッチする瞬間に奴を注意深く観察することができた。今のウルフェの集中力はトップギア、その状況下で何度も回答ありの訓練をしたのだ。

「たぁっ！」

「邪魔だ雑魚がっ！　ちょこまかと……っ！」

パーシュロの攻撃手段の切り替わりが見抜ける以上、その変化に惑わされる心配がなくなる。遠目に見てもウルフェの攻撃に参加する頻度が徐々に増えていくのが分かる。そしてウルフェの手数が増えれば、当然ながらイリアスも自由に動けるようになる。

「いい加減に……、燃えろやガキがぁっ！」

「させないっ！」

パーシュロの攻撃が蹴りから拳に切り替わった瞬間、ウルフェの足払いが命中する。すぐさま体勢を戻され決定打には繋がらないものの、攻撃が当たる様になってきている。どうやらスタイルの切り替わりのタイミングだけでなく、一部のスタイルの先読みもできるようになってきているようだ。

パーシュロの長所は気分屋ならではの変幻自在な攻撃手段、しかしその欠点もまた気分屋だと言うこと。気分が変わると言うことは、その時の気分が乗らないということ。つまりパーシュロは現在の気分に反した行動を行えない。

拳の気分の時には拳を、蹴りの気分の時には蹴りを多用せざるを得ない。じゃんけんで十通りの手を出せるからと言って、出す前に読まれてしまえば意味がない。パーシュロ自身もそのことを理解しているのだが変えることができないでいる。無理に変えようとすれば――

「どうした、そんな気を抜いた攻撃など当たらんぞ！」

「くそがあっ！」

体と心が噛み合わなくなり、高い水準の攻撃を繰り出せなくなるのだ。ここまでくればウルフェのあの技が狙える。技量差がある相手にはリスクが高いが、決まりさえすれば決定力が非常に高いあの技が。

「これで、きめるっ！」

ウルフェが大きく振りかぶった右拳の一撃を繰り出す。しかしパーシュロは体を僅かに左にずらし回避する。

「そんな大振りが当たるか、調子に乗るんじゃねぇよクソガッ――」

周囲に鈍い音が響き渡る。パーシュロの体がまるで渾身の一撃を受けたかのように宙を舞い、地面へと叩きつけられ跳ねていく。

「……あたったっ！」

「やったなウルフェ！」

ウルフェのガントレット、その真髄が発揮された。拳の周りに取り付けられたプロテクター、これは装甲ではなく噴射口なのだ。

ウルフェの魔力の爆発力は既に暗部との戦いでも立証済みだ。その爆発力を一定方向へと噴出することにより、高い推進力へと変えたのだ。

ウルフェはわざと大振りで右拳を打ち込み、パーシュロを内側に回避させた。そしてその瞬間にガントレットに溜め込んでいた魔力を爆発、噴射口から膨大な魔力が放出され右拳は弾けたように軌道を変えたのだ。

この技はかなりの危険を伴う。正しい姿勢から渾身の一撃を打てば次の行動に対応できるが、不安定な形からの一撃では踏ん張りが効かなくなるのだ。試運転の際には派手に転び、軽く肩を痛めてしまっていた。

出力を下げれば安全に扱うこともできるが、それではただの変則フック程度。腕を伸ばしきってから放たれる第二の高速ストレートだからこその意外性とこの威力だ。

パーシュロは吹き飛んだ先で受身を取り起き上がってみせるも、すぐさまバランスを崩して地面に膝を突く。

「くそがっ！　よもや亜人にも遅れを取るとは……！」

「勝負あったなパーシュロ。今の一撃、まともに受けては無事ではあるまい」

イリアスの言う通り、パーシュロの膝は本人の意思を無視して大きく震えており、立ち上がることすらままならない状況だろう。頭部に乾坤一擲《けんこんいってき》の一撃をまともに受けたのだ、首と意識が残っているだけでも十分過ぎる。

「ふざけんなっ！　この程度の傷で負けを認めるなど……！」

パーシュロは歯を食いしばりながらも立ち上がってみせた。凄い根性ではあるが、衰弱しているのは誰の目から見ても明らか。満足に動けるようになるには暫く時間が掛かり、現時点では黒い炎を打ち出す程度が関の山だろう。

「あらあらぁ、無様ねぇ。素直に負けを認めてもいいんじゃないのぉ？」

「黙れよギリスタ、そもそもテメェが役立たずのゴミだからっ！　こんなことになったのだろうが……！　エクドイクもさっさと起きやがれ、この無能がっ！」

視線を向けるとエクドイクがゆっくりと起き上がろうとしている。しかし全身に大量の鎖を浴びせられて受けたダメージはパーシュロ以上、恐らくは最も深手を負っている状態だ。

「諦めろ、致命傷ではないにせよ、その手傷ではこの場で戦うことはお前達には無理だ」

「うるせぇボケっ！　偉そうに上から目線で、勝ち誇ってんじゃねぇよアバズレがっ！」

パーシュロは黒い炎を飛ばすも、狙いを定めることすらままならないのか、その炎は誰にも当たることなく周囲へと逸れていく。

「そうか、では仕方がない。決着をつけるとしよう」

イリアスが剣を構えた。最早パーシュロに体術をする余力はない、間違いなく次の一合で勝負は着くだろう。

「……あー、飽きたな、もう。望みどおり終わりにしてやるよっ！」

「――ッ」

突如、こちらの周囲に黒炎が燃え上がり、体が炎に包まれる。かなりの熱さだが、どうも実際に焼かれている感じではない。意図的に抑えているのだろう、まあそうだよな。

ここに来るまでの間にパーシュロには衣服に何かしらの処置を行われていた。なるほど、こういう仕掛けだったか。

「ししょーっ!?」

「尚書様っ!? そんな気配なんて……まさか最初から仕込んでいたのですか!?」

「ああそうだ、動くんじゃねぇぞゴミ共っ! 少しでも動けばその黒炎でその男を消し炭にしてやる」

「そこまで外道を貫くか、貴様!」

「あんまり挑発してくれるなよ。殺さないように抑えるのも手間なんだ。エクドイクッ動けんだろうがてめぇこっち来いっ!」

再び人質を取られた三人もだが、パーシュロの方にも余裕はない。そんな状況を眺めながら、エクドイクがパーシュロの方へとふらつきながらも近づいて行く。

「パーシュロ、どうする気だ」

「流石にこれ以上の戦闘はきついからな逃げさせてもらう。だがそれだけじゃあ足りねぇよなぁっ!? こいつらは死地にこの男を助けに来た。なら一人二人は死んで貰っても良いだろうなぁっ!?」

「……」

「そうだな、白いガキは今度俺がぶっ殺すっ! だからイリアス＝ラッツェルを殺せ、抵抗すれば男は消し炭だっ！」

「こちらの信用はなしに等しい。その男の命と引き換えにと言ったところで素直に死ぬような連中には思えないがな」

「問題ねぇっ！　その女が男の護衛をしているのは知っている。自分の命を差し出すくらいぽんとやってくれるだろうよ、誇り高い騎士様はなぁっ!?」

イリアスは悔しそうな表情で口を閉じている。こっちの命と引き換えにと言えば本気で受け入れてしまいそうな顔だ。

「パーシュロさん、貴方そんなことをして強者としての誇りはないのですか!?」

「聖職者が説教か、ムカつくじゃねぇかボケがっ！　ご高説が本気だと言うのならばまずはお前から死んでもらうか。エクドイクッ、お前の目的を先に果たせよおぉっ！　さあ見せて貰おうか強者の誇りと言うやつをな！」

ラクラにも飛び火させるか、都合が良過ぎだろう。たった一人の男を人質にした程度で、逃げるだけならまだしも、勝ち星まで欲張るか。いやぁ、笑うしかないね、はっはっはっ。

「――コふっ」

パーシュロは自分の身に何が起こったのか、まだ理解できていない。自らが吐血した理由も、胸から突き出ている鎖の意味も、その先に括りつけられている臓器の価値も。

とは言え何も分からぬ阿呆ではない。そろそろ気付くだろう、エクドイクの鎖によって致命傷を負わされたその事実を。

冥土の土産なんて渡すのは悪役のすることなのだが、人様を人質にするような奴だ。悔いくらいは残させてあげよう。

「全てその男の言う通りだったな。無様な男だ」

こちらを包んでいた炎が、奴の命の灯火と連動しているかのように弱々しく消えていく。

「エクド、イ、ク……何……を……」

◆

「ラクラ、今ならこの炎完全に消せないか？」

「えっ、あ、はい、えいっ」

ラクラに残った炎を払ってもらい、これで最後の足掻きもなくなった。エクドイクとパーシュロの方へ歩み寄る。ただそこまで近づく必要はない、声が届けば十分だ。

「分からないまま死ぬのは納得いかないだろうから、説明しておこうかパーシュロ。エクドイクはお前らを裏切った、そう仕向けた」

「お前、が、そんな……様子は……」

「ああ、実際エクドイクは直前までお前の味方だった。お前が欲張ってラクラを殺せと言い出すその瞬間まではな」

イリアスならギリスタに勝てるという確証はあった。ウルフェが時間を稼ぎ、イリアスと合流し、パーシュロの癖を利用すればパーシュロにも勝てる見込みも十分にあった。

不確定要素としてはエクドイクとラクラの戦いだ。そしてパーシュロの気分屋の程度からして、自分が負ける状態に陥れば手段を選ばずに勝ちに動くだろうということも理解していた。だからエクドイクに種を植えておいた、異心の種を。

『エクドイク、君にとっての勝利とは父親の名誉を守ることだ。父親に育てられ、力を得た君が一対一でラクラに勝てればその名誉は確かに守れるかもしれない。だが負けた方がその名誉はより守られると言うことは覚えておくといい』

『どういうことだ？』

『君が勝ったところで証明されるのは君の父親の教育の良さだ。だが父親の強さを証明するには別の方法でなくてはならない。それはラクラを担ぎ上げることだ。君の父親である悪魔が敗北して当然だという存在にまでラクラを担ぎ上げることができたのならば、その名誉はより強固に守られるだろう。魔王でさえ勇者に敗北しているのだから』

『そんなことで俺が復讐を諦めると思っているのか』

『いいや、だから君は全力で正々堂々と戦えばいい。だがそれで負けた時は身の振り方を考え直すべきだ。それともう一つ警告しておこう。勝ったとしても君の父親の名誉が地に落ちる場合がある。それはどういう時か分かるかな？』

『そんなことがあるわけがない。勝てば我が父の偉大さは証明されるのだ』

『それは君が個人の実力で勝った場合のみだ。もしもラクラが何らかの方法で、無抵抗のまま君に敗北すればどうなる？　それは勝利と呼べるだろうか？　呼べないだろうね。さらにそれが人質を利用したものだとして、そんな勝利をもぎ取った奴の何が証明される？』

『……解放しろというのか』

『いや、君がラクラと戦う為には人質は必要だとも。君は間違えてはいないんだ。だが他はどうだろうか、特に気分屋のパーシュロ。彼は勝つ為なら人質をとことん利用する可能性がある。では想像してみるといい。パーシュロが人質を利用し、君はラクラを一方的に殺すことができた。さあその事を知った世界は君を、君の父親をどう思うだろうか？』

『……』

『逃げるつもりはない。だが拘束を解いてもらえれば、必ず君とラクラの傍で観戦に徹すると約束しよう。君が勝てばそれで良し、負けたとしてもパーシュロに利用される心配は避けられる。問題ないだろう？』

『……ああ、わかった』

『だけどね、それでも何かあった場合は私にはどうしようもない。君と君の父親の名誉を踏みにじる者が事を起こした時、それを排除できるのは君だけだと覚えておくんだ』

『……なぜそこまで世話を焼く？』

『正義を貫こうが悪に染まろうが、筋を通せる者なら応援したくなるのは世の常だよ、エクドイク。君の父親の名誉を守ろうとする行動は正しくて、そして形はどうあれ成すべきだ。その想いは汚されるべきではない。その抱いているものの価値は君自身で守るんだ』

エクドイクは自分を捨てた人間への怒りだけを糧に生きてきた。だがその怒りを諭し、育ててくれた悪魔はラクラによって倒されてしまった。その時点でエクドイクは何が正しいのかを見失っているのだ。

発想を変えられなかったエクドイクは、これまで通りに父親の存在に正しさを求めた。しかし周囲の声は冷たく、ラクラのような無能に敗北した悪魔に価値などないと突き放してきたのだ。父親に価値がなくなれば、今まで生きてきた自分の価値もなくなる。だからこそラクラへの復讐を決意したのだ。

だがその行為はラクラの価値を知ることができる方法でもある。そこでラクラを評価すれば良いという逃げ道を用意してやった。ラクラを認めることができれば、エクドイクは先に進めることができる。他の退路を防ぐ必要もない、選択肢は多い方が安心するのだから。

そして最後にそれらを台無しにする存在をエクドイクの心に印象付けた。エクドイクはラクラに敗北し、その時点でラクラを認めざるを得なくなった。しかしここでラクラを何の苦労も無く殺せてしまえばどうなるか。

ようやく見い出した価値さえ、ゼロとなってしまう。だから強行に出たパーシュロをエクドイクが裏切るのは当然の結果となる。

「パーシュロ、残念だったたね。エクドイクが誇りなんて持ってなければ、今こうなっていたのは別の人だったのに。それにやっぱり気分屋ってのは信用できなくてね。ほら『私』も気分屋だからね？同族嫌悪に負けたと言うことで諦めて欲しい」

「一緒に……するな……お前は……お前はっ！」

「ああ、でも君の気分屋っぷりはなんと言うべきか……理解に容易かったよ」

やがてパーシュロは地面へと崩れ、息を引き取った。心臓を抜き出されたというのに、これだけの間生きていたのも十分に凄い話ではあるけどね。

ギリスタは両腕を失い、エクドイクは全身へのダメージで立つのもやっとのご様子。まあそれ以前にこの両名は戦意を完全に失っているわけなんだけど。それじゃあ最後の仕上げと行こうじゃないか。

一連の顛末に唖然としていたが、我に返ったイリアスが駆け寄ってくる。なのでこちらからも近寄る。

「一体、何が起き――むぐ」

何か言おうとしているイリアスを無視し、その両頬を両手で挟んで凝視する。

「な、なにを」

凝視する。目を見て、瞳を見て、その奥を凝視し続ける。

「……」

息を吸い込み、吐き出す。――良し、切り替えはこんなもので良いだろう。最終的にはニュートラルな思考で終わらせたいからな。

「さて、ギリスタとエクドイク。二人ともこれ以上は戦うつもりはないと見ていいな？」

「……そうねぇ、なんだかやる気が全部なくなっちゃたわぁ。パーシュロが水差しちゃったしねぇ？」

「既にこの周囲は騎士達によって包囲されているはずだ。逃げるのならこちらが合流したタイミングを狙うといいぞ」

「なっ、君は何を――」

「ただし、口約束でも構わないから、今から言う条件を飲んで貰いたい。それができないのならばこちらはイリアスを止めない」

エクドイクとギリスタは互いに顔を見合わせ、話し合うまでもなく、再びこちらへと向き直る。

「条件を聞こう」

「一つ目は今後こちらの脅威になってくれるなという話だ。エクドイクに関しては信用できるが、ギリスタ、戦闘狂のお前については何らかの対応をしておかないといけないからな」

「その辺は大丈夫よぉ、この腕を治しても今までのように大剣を振るえるようになるには時間が掛かるものぉー」

「腕が治って、また武器を振るえるようになったら、再び牙を剥くというのなら見逃すことはできない。他の戦い方を身に付ける可能性もあるわけだからな」

「わかったわよぉ、今後貴方には手を出さないわぁ」

「ギリスタ、そういうのは止めろ。交渉を終えるぞ」

こういう時、～にはと言う言葉は信用できない。それは他を対象にすることができる狡い言葉だ。そういう真似はこっちの専売特許、引っかかるわけがない。

「……脅威にならないわぁ、これで良いんでしょー？」

「ああ、ありがとう。二つ目はラーハイトと手を切ってもらうことだ」

「問題ないわぁ、失敗した以上顔を出せる立場じゃないものねぇ」

「俺の目的を果たせるのならば条件を飲もう」

これで建前上ではあるがエクドイク、ギリスタとの和解が成立した。この二人が約束を守り通すかどうかは定かではないが、約束はしたのだ。

嘘を見抜けるラクラが口を挟んでこないことから、本心で了承していると受け取っていいだろう。これで安全の確保はできたわけだ。今後の展開によっては約束を反故にしてくることもあり得るだろうが、その時は迷う必要がなくなるだけだ。

「ちょっと待てっ！　君は一体何をしているのか分かっているのか!?」

話が進み始めたところでイリアスが割って入ってくる。最後は彼女の説得だな。

「何って二人を見逃そうとしてるだけだろ。ギリスタは単純に強者との殺し合いを望んでいただけ、エクドイクは自分を育てた父親の名誉挽回を目論んでの参加だ。どちらも解決できる事案だろう？」

「だが奴らは君を攫い、殺そうとしたのだぞ!?」

「そりゃそうだ。だから見逃す決断をしても問題はないだろう」

「それは――」

「パーシュロの目的は権力者への謀反、だからエウパロ法王を指名していた。これはこちらの周囲に影響を与えかねないからな、処理させてもらった」

「ギリスタの殺人衝動も同じではないのか、見えないところでさらなる犠牲者が出るかもしれないのだぞ!?」

その光景は想像に容易い。とは言えそこまでくると他人事でしか……とと、まだ切り替えが甘いようだ。顔を叩いて、しっかりと切り替える。

「ギリスタ、両腕が完治するまではどれくらいだ?」

「そうねぇ、繋げるだけならすぐだけど、今までと同じようにとなるならぁー……一ヶ月以上は掛かるかしらねぇ?」

「んじゃその間だけ人を殺すことを我慢してくれ。その間にお前のその衝動を抑える方法を見つける。駄目なようならイリアス、その時はお前が引導を渡せばいい」

「いいわよぉ、再戦を約束してもらえるのなら少しくらいは我慢できるわねぇ。でも私を信じられるのぉ?」

「ああ、信じられる」

「……そう、じゃあ頑張って守るわねぇー」

イリアスは真偽を確かめる為、ラクラに視線を向ける。ラクラはコクコクと頷き、その言葉に嘘偽りがないことを証明してくれる。

「それじゃあ解散といこう。長話をしていたらいつ騎士達が流れ込んでくるかも分からないからな」

こうして今回の件は終了した。パーシュロは死亡し、ギリスタとエクドイクは逃走した。パーシュロの死体とギリスタが置いて行った大剣は城へと運ばれていった。

騎士達は逃亡者を追ったが消息は掴めず、闇に生きる者達の影を捉えることはできなかった。一部不穏な噂が流れたものの、収穫祭は再開され無事に最終日を迎えたのだった。

その後、マリトに呼び出され来賓室にいる。他に呼ばれたのはイリアス、ラクラ、そしてエウパロ法王とウッカ大司教だ。

まずは直接関わらなかったエウパロ法王達に一連の流れを説明した。命を狙われていたわけだし、詳細は知っておきたいだろうからね。

「ラーハイトめ、法王様をついでのように狙うとはっ！」

「騒ぐなウッカ。しかしパーシュロと言えば『拳聖』グラドナの弟子だった男だ。良くぞ無事だったものだ」

さてはこれ、また後から凄い設定が増えていくパターンだな？　実際イリアス相手にもほぼ互角に渡り合っていたのだから、もう驚きはしないぞ。

「しかし何故残り二人を逃がしたのだ？　再び敵となる可能性のほうが高いだろうに」

「ラーハイトの性格からして、同じ相手を送り込むような真似はしてこないでしょう。少なくともラーハイトの刺客としてならば処理は済んでいます。他に理由を挙げろと言われるのであれば、それは情報を得る為です」

ウッカ大司教の方へと視線を移す。そう、これは足りなかった情報を得る為に必要な行為なのだ。

「わ、私が何か？」

「ウッカ大司教には情報の汲み上げにご協力いただいて感謝しています。情報の内容として重要なものはありませんでしたが、それでもラーハイトを知る上で役立てています。今回もそれと同じ理由で両者を逃がすことにしました。あの二人は操られておらず、素の状態でラーハイトと接しているので違った面を覗くことができるはずです」

洗脳魔法を使用した相手への接し方、普段通りでの接し方、これらの違いはラーハイトという人物を立体的に浮かび上がらせてくれるだろう。もちろん当人と直接接触することが一番の近道なのだが、ラーハイト自らがこちらの前に姿を現すことは……まずないな。

「そうかもしれないが……奴らが素直に情報を吐くと思うのか？」

「そこは抜かりありません。エクドイクとは後日、山賊達が根城にしていた洞窟で落ち合って情報交換を行う予定です。協力条件としてラクラをどうにかして欲しいというものがありますが」

「私ですかっ⁉」

皆にエクドイクの目的の詳細を説明する。悪魔に育てられたエクドイクは自分を見捨てた人間を毛嫌いしており、育ての悪魔に尊敬の念を抱いている。その父親をラクラが倒したことでラクラへの意識が向いていた。しかしラクラが普段からポンコツなせいで評価が低いことにやきもきしているのだ。

人間内どころか悪魔内ですらラクラの評価は低い。そんな奴に負けた悪魔、その息子ということで彼の自尊心はボロボロになっているのだ。

「つまり奴が満足するにはラクラの評価を上げてしまえばいいわけです」

「しかしな……それはとてつもない難題ではないのか？」

「法王様っ⁉」

「ええ、正直吐き気を催すレベルです」

「尚書様っ⁉」

「ですが方法がない訳ではありません。人間内でのラクラの評価はどうしようもない次元ですが、悪魔側となれば話は別です。悪魔達にとって、ラクラが脅威であることを示せばいいのですから」

実際エクドイクがこの案を受け入れた最大の理由が、ラクラの実力を本人が知ったことだ。エクドイクはラクラにかすり傷一つ与えることなく完敗、さらに言えば殺したくないと散々手加減された上での決着だ。彼の中でラクラへの評価はだいぶ上がっているだろう。正直その印象を上乗せしていくだけでも十分な感じではある。

「ふむ、ではラクラを魔界に送れば良いわけか」

「良くないですよっ⁉」

「それもありですが、そこまでしなくても実力の発揮できる前線に送り込めばそれだけで十分でしょう。むしろ何故何度も悪魔退治で実績を残しているラクラを前線から遠ざけていたのですか？」

至極当然の疑問を投げかける。ラクラの戦闘技術は実際に評価されているのだ。そして他が駄目と言うことは前線で使ってくれと言っているようなもの。それに応えられるのは直属の上司であるウッカ大司教なのだ。

「それはだな、功績の褒賞を与える際に本人の強い希望でな……前線を離れたいとだな……」

全員の視線がウッカ大司教からラクラへと流れていく。もちろん皆白い目で見ている。

「いやその……前線ってご飯も美味しくないですし、お風呂もないじゃないですか、寝床も硬いし不衛生ですし……」

「そこはせめて戦うことの恐怖とか虚しさを語れよ」

「あ、ではそれで」

こいつは自分の平穏の為に、自分の才能を発揮できる機会を自ら潰していたのだ。だが戦場の最前線ともなれば過酷なのも事実だろう。命の危機に晒され、満足のいく生活も送れない。そんな中で生活水準だけを気にして、前線を離れることができたラクラはある意味大物なのではないでしょうか。

「よし、ラクラは君に託そう。君ならばきっと彼女を更正させられるだろう！」

「待って、最高責任者が問題を押し付けて逃げないで！」

エウパロ法王がそう決めてしまえばユグラ教に逆らえる者なんていなくなるのだ。それはずるい。ある程度の干渉は覚悟していたが、人の人生全部を投げつけられるのは困る。

「いや逃げてなどいない。私達ではラクラを活かしきれなかったのだ。君ならばきっと彼女を素晴らしい聖職者へと導いてくれると確信した！　そう思い込むことにした！」

「最後に本心出てるぞ!?」

「では法王の命を持って君にラクラの未来を任せよう」

ずっるい、いや気持ちは分かる。けどずっるい。ここまで露骨に権力を使ってくるのは酷い。それでも人の上に立つ者か!?

「待て、いや待ってください法王様！　ラクラは物ではありません、道を選ぶ権利はあります！」

こうなれば人道を説いてラクラの立ち位置を法王側に釘付けにする！　やればできるはずだ、思考回路を全力で回せ！

「ふむ、一理あるな。ではラクラ本人に尋ねるとしよう。ラクラ、わしはお前の意思を最大限に尊重しよう。お前はこの先どちらに身を委ねたい？」

「私ですか……」

「言っておくが任される以上は容赦なくやるぞ。今の生活が続くと思うなよ？」

一緒に貴族連中に灸を据えたラクラなら、こちらの容赦のなさを理解しているはずだ。圧力に折れてくれ！

「うっ、そうなると法王様の方が……」

「ちなみにわしは今日にでもお前を魔界に送りつける気だ」

「尚書様でお願いしますっ！」

「ずっるぅ⁉　いや法王が脅すのは酷くないか⁉」

自分のことを棚に上げている自覚はあるが、それ以上に清々しい外道を見たことで色々感情が麻痺してしまっている。

「脅し？　何を言う。彼女の実力を最大限に活かせる方法ではないか。君も先程そうして欲しいと言っていたではないか」

「な、ならこちらも」

「メジス領土に隣接する魔界への侵入にはメジスの許可が必要となる。将来有望な若者を死地に追いやるなど、人として許可できるわけなかろう？」

「自分の直前の発言思い出そう!?」

ああ言えばこう返される、ダメだ。この人に舌戦を挑むならそれなりの用意がないとアドリブでは勝てない。それ以上に立場に差があり過ぎる。向こうは何でもありでこっちはできる範囲しかできないのだ。

「別に厄介者を押し付けたいわけではない。マーヤ大司教からも話は聞いていたのだ。君はラクラにできる仕事を見つけ、与えていたそうだな」

「それは……」

「言われてみれば当然のことでも、我々は気付くことができなかったのだ。それ故にラクラの才能を無駄に埋もれさせてしまっていた。我々は頭が固過ぎるのだ。だからこそ柔軟な発想を持つ君に託してみたいと、心から思ったのだ」

そういわれたら返す言葉は――あるに決まってるだろう！　何を良い話でまとめようとしてるんですかねぇ？　こうなれば上等だ、最後の最後まで討論してやろうじゃないか。

「ターイズ王、君からも頼んで欲しい。ターイズとメジスとの友好の為にも」

「そう言われると……すまんな、友よ」

「マリト、お前もか！」

国王と法王という二大勢力の相手を前に、ただの一般人の訴えなど通るはずもない。ラクラ＝サルフは名実共にイリアス家の住人となったのであった。

法王様の決定により私は尚書様の下で自分を磨くことになりました。それにしても人を押し付けあうなんて酷い人達です。そりゃあ自業自得で、厄介な相手だと認識されているのは自覚しています。だからと言ってあんな扱いをされたら誰だって嫌に決まっているじゃないですか。

城からの帰り道、尚書様は法王様とマリト陛下に言い負かされたことで意気消沈しています。口が達者な尚書様でも勝てない相手はいるのですね。

「はぁ……」

「尚書様、溜息なんてつかないでくださいよ。私の方が酷い扱いを受けているんですからっ！」

こんなことを言ってもどうせ返って来る言葉は想像できる。お前のは自業自得だろう、その巻き添えを食らっているんだ、とかでしょう。

「お前の人生を背負わされる身にもなれ。ウルフェに続いて二人目だぞ！」

あら、違いました。尚書様の言葉は普段は予想できるものが多いのに、たまにこうやって予想と外れるものが出てきます。

尚書様のウルフェちゃんへの溺愛っぷりはとても羨ましいものです。ウルフェちゃんが尚書様に直向な忠誠心を持っているからというのもあるのでしょうけど、それだけではないのでしょう。

「ウルフェちゃんのように扱ってくれれば私もやる気が出ますのに……」

などと心にもないことを口にしてしまう私、自堕落な性格なんて早々に変えられるものではありません。この二十五年間、自分はほとんど変わっていないのですから。

「同じ扱いなんてしてやるか、ウルフェはウルフェでラクラはラクラだ。大体お前の性格がそう簡単に変わるものか！」

ごもっともです。私は自由に、そして楽に生きたいだけなのです。色々考え始めるといつも酷いことばかり起こしてしまって、周りに迷惑を掛けてしまうのです。

真っ当にお仕事をするよりも、無心で悪魔退治をする方が気楽なくらいです。まあその悪魔退治だって自堕落な生活に比べればまるで魅力がないのですけど。

「変わらないと思っているなら、そういうものだと諦めてくだされば良いのに……更正なんて無理ですよぉ」

「あのなぁ、お前の根底は変わらなくても環境は変えられる。そのままでも活かせる方法は作れるんだ」

「そんなの大変じゃないですかっ」

「だから溜息ついてるんだろうが、これから先の苦労が分かってるんだからな」

……これだ、尚書様は何で私を見限らないのか。私の本性なんてとっくに気付いているだろうに。普段なら体裁良く立ち回ろうとするところを、最近ではそれすらもしなくなっているのに。私の駄目な面を散々見ているのに、嫌な顔をするだけで結局見捨てない。

「私相手にそんな苦労しなくたって良いですよ。私も楽がしたいだけなんですから」

「見捨てる時には見捨てる。今そうしないのはまだ手立てがあるからだ」

「それでもダメなら見捨てるんですよね？　それに付き合わされる私も大変なのに」

「そう悲観ばっかりするな。お前は変わっていなくても、お前を見る回りの目は少しずつ変わっているだろうが」

それは尚書様が私のことを理解した上で、役立つように動かしているだけに過ぎないのです。確かに仕事を回してもらえるようになったのは、少しばかり嬉しいと思っていたりはしますけど……面倒ですが。

「それでも限度はあると思いますよ。エクドイクさんが満足するほどって到底無理にしか思えません」

私は彼の育ての悪魔を殺してしまったらしい。でも罪悪感なんて少しもない。そうだったのですね、間が悪かったのでしょうねとそんな程度です。

そんな彼は私が父の仇に相応しくないことにお怒りのご様子。本当に迷惑です。尚書様曰く、私が有名になれば彼も納得がいくと言われましたけど、私は変われないのです。

私は自堕落な聖職者、これは変わりません。真面目にもならないし、勇者になるわけでもありません。

「今のままじゃ苦労は絶えないだろうな。だが人間は不変じゃない。変わらないままでも周囲の目が変わるなら、内面の僅かな変化でも外の変化は相当なものになるさ」

「変わらないと思いますけどねぇ」

「変わるまでは付き合うさ」

……もう、仕方がありませんね。実績がある以上否定はできませんし、何より心からそう言われてしまっては私みたいなのでは引き離すこともできません。変わるつもりはありませんけど、付き合うくらいは頑張りましょう。

「それって一生面倒を見るってことですか？」

「最終的には物理的に改造してやる。腕に付けるのは鉤爪と剣どっちがいいか？」

「そんな変化嫌ですよっ!?」

口も悪いし扱いも酷いですけど、素のままでいられて、これだけ居心地の良い場所は他に知らないのです。だから当面はこの人のお世話になりましょう。

06 さしあたって次の一手を。

数日後、いつもの三人を連れて山賊拠点跡地の一つを訪れた。ターイズ本国から少しばかり距離があり、生活に必要な物資がある程度残されている。こっそりと住み着くにはベストな場所だ。その場所に先日の襲撃者、エクドイクは潜伏していた。

「来たか、ラクラ＝サルフ！」

「その出遭う度に親の仇みたいな感じで叫ぶの止めにしません？」

「親の仇だろうが！」

「実感がないんですよねぇ。今度似顔絵か何か描いて頂けませんか？　そうすればこうもうちょっと感情移入ができると言うか……」

「……良いだろう！」

「良いのか」

嫌悪感こそあれど、既に殺気をまるで纏っていないエクドイクに毒気を抜かれるイリアス。そもそもラクラへの殺意って時点で長続きはしないものだよ。

とりあえず持ってきた食料を渡しつつ、周囲へと視線を向けると鎖があちこちに掛けられているのを見かける。罠なのか、インテリアなのか、判断に困る。

「エクドイク、ラクラに関してはエウパロ法王から面倒を見るように託される形になった。お前にとっては吉報だろう」

「ほう、つまりお前の采配でこいつの知名度を上げられるというわけか！」

「ま、今すぐに戦場に送り出すようなことはしないがな」

「わぁぃ、流石尚書様っ！」

「む……それでは我が目的が果たされぬではないか！」

心なしか、エクドイクの精神年齢が下がっている気がする。この中で二番目に年長者のはずなんだけどな。

「まあ落ち着け、ラーハイトの刺客だったなら分かるだろう？　ラーハイトがさらに続けて刺客を送ってくる可能性もあるんだ。それこそパーシュロ以上の猛者をな」

「確かに。お前の傍なら大物が引っかかる可能性も高そうだな」

「そもそもラーハイトの影には魔王の姿もある。それ以上の大物はいないだろうよ」

「そうなのか!?」

魔王と言う言葉に驚きを隠せないエクドイク。こちらが地球人と言うことは知っていたのに、ラーハイトの素性はほとんど知らなかった模様。ひとまずは互いの情報を照らし合わせ現状の把握を行うことにした。

エクドイクはメジス領土に接している魔界と呼ばれる侵食地帯、そこを拠点とする悪魔の下で育てられていた。過去の魔王の傷痕、魔界と呼ばれる地域は複数あり、メジス領土に接している魔界は人間の間では『メジス魔界』とそのままの名前で呼称されている。

次に悪魔。元々人から転じた魔族とは違い、純粋に魔界で生まれた生物で高い知能を保有する種族。魔族から伝播したであろう人類の共通言語を学習しており、人間への警戒心も強い。悪魔と言うニュアンスが物騒ではあるが、実際のところ彼らが純粋な魔族と言うべきではないだろうか。

特徴として長寿であり、交配を行う必要がない。それ故に個としての強さを自負している者が多い。生まれたての悪魔は自らの力や地位を高めることを好み、戦いに明け暮れるそうなのだが、一定以上の格になると自分の縄張りで落ち着き始め、優雅な人生を送るそうだ。

そしてその縄張りの広さが一定以上になると、他の下位悪魔を支配下に置く。従える下位悪魔の数が一定数を超えると大悪魔と呼称されるようになる。

エクドイクの父親は、メジス魔界の領域三割を支配していた大悪魔ベグラギュド。残忍で強大な力を持ち、多くの有力な悪魔を従えていた。また人間への興味も強く、過去人間の集落を配下の悪魔に襲わせ多くの被害を生み出している。

「退治されて当然ですね」

「――そのことに関しては否定しない。生贄に差し出された赤子を育て、襲わせようとしていたわけだからな。だが保身の為に赤子を差し出すような人間相手に同情などせん」

「そもそもその脅威がなければ貴方は平穏に生きていたのではないのですか？」

「そういったもしかしたらの話は止めとけ。どっちとも疲れるだけだぞ」

そんなわけでエクドイクは悪魔の襲撃に怯えた村が、供物として捧げた赤子が成長した姿である。

ベグラギュドはそれを食べることはせず、戦力として育てると言う娯楽を試みた。まさに悪魔の気まぐれである。

エクドイクは歪みながらも着々と成長し、いよいよ自分を差し出した村への復讐を果たそうとしていた。そんな中、メジスから派遣された聖職者達が異様な快進撃で攻めてきた。言うまでもなくラクラを含めた聖職者パーティである。

本来ならば人間界と魔界の境界付近での魔族退治が目的だったそうな。しかしその際にベグラギュドの配下である悪魔と接触及び戦闘、半壊状態になった悪魔達は逃走した。それを追跡したことで悪魔の巣窟へと辿り付いてしまったのだ。

本来ならば迂闊な立ち回りとしか言えないのだが、それはもう相手が悪かったとしか言えない。ラクラはそこで大量の悪魔を滅ぼし、その中についでとばかりにベグラギュドが巻き込まれていたのだ。

「なんかこう、違いとかなかったのか？」

「そう言われましても。悪魔特有の高い魔力で、微かな人型の異形の集団でしたから……」

「エクドイク、ベグラギュドには身体的な特徴とか無かったのか？」

「……」

そりゃあ人間とは違った種族だ。人間よろしく服装とかの違いはあるまい。生き残ったのは他の拠点にいた悪魔達とエクドイクだ。

ベグラギュドの支配していた領地は無法地帯へと逆戻りし、今でも多くの悪魔が領土争いに明け暮れているとのこと。間接的とは言え、ラクラの悪魔キル数は進行形で増えつつあるようだ。

ここで本来ならばラクラへの評価は、大悪魔ベグラギュドを打ち滅ぼした恐ろしい存在と悪魔内で広がるはずであった。しかしラクラのことを調べようと人間界に忍び込んでいた悪魔の証言によって話はややこしくなる。

ラクラの普段のダメさや人間界での評価が明るみになったのだ。それを知った悪魔達は『そんなマヌケに瞬殺された大悪魔ベグラギュドって大したことなかったんじゃね？』と思い始め、他の大悪魔達もベグラギュドを無様だの惨めだの言い出したのだ。

結果エクドイクは居場所を失い、人であることを活かして冒険者として人間界へと住処を移すことになった。

「どんだけ問題児だったんだお前は」

「普通にやっていただけなのですが……」

「接点の少ないはずのエウパロ法王が知ってる時点で相当だぞ」

「法王様の前でやらかしたことは……ちょっとした手違いで式典中に大聖堂の結界を壊してしまったことくらいですかね」

「よく分からないが、酷いミスだというのは理解した」

ターイズの式典で手違いを起こして城壁が崩落したらそりゃマリトでも目を覆いたくなる。むしろそれだけのことをしでかして司祭の立場でいられることが不思議だ。

話を戻そう。人外の技を巧みに操るエクドイクはすぐさま冒険者でも有数の実力者となる。だが人との接触を嫌っていたエクドイクが関わる相手と言えば、ギリスタやパーシュロのような闇に生きる者達くらいであった。そんな付き合いを続けていたところにラーハイトが接触してきたと。

ラーハイトはエクドイクの戦闘技術が悪魔から教わったものであることに気付いており、接触してからそう遠くないうちに大悪魔ベグラギュドに育てられた事実さえ調べ上げたそうだ。

「メジス魔界の悪魔に顔見知りでもいるのかね」

「可能性はある。アレは得体の知れない存在だ。様々な所で暗躍していると見ていいだろう」

エクドイクが知るラーハイトの情報についてはそこまでの収穫はなかった。こちらが禁忌を生み出したとされる地球人であると警告は貰ったそうだがその程度らしい。

新しい情報と言えば今は少年の姿で行動しているとのこと。不便な体ではすぐに乗り換える可能性もあるので、そこまで有益と言うわけでもないだろう。

「魔王の存在は悪魔内でも有名だ。だがその復活が囁かれてると言った話は聞いていない。大悪魔クラスならばそれらの秘密を知っているかもしれないが……」

「大悪魔ベグラギュドから育ててもらったというわりには聞かされていなかったのですね？」

「お前が殺したおかげでな！」

「しかしラーハイトがどの魔王と繋がっているのか、関する情報はほとんど不鮮明だな。イリアス、メジス魔界を生み出した魔王はどういった存在なんだ？」

「世界で最も広大な爪痕であるメジス魔界を生み出し、勇者ユグラに最初に倒された魔王、『紫《むらさき》の魔王』だな」

「新しく聞く魔王だな。ターイズの山の先にある『黒魔王殺しの山』の先にある魔界を生み出したのは『黒《くろ》の魔王』なのか？」

「いや、ターイズ魔界と呼ばれる魔界を生み出したのは『碧《みどり》の魔王』だ」

「なんで黒の魔王はあそこで死んだんだよ」

「それは分からん。黒の魔王は最強と謡われていたが、その素性は謎ばかりなのだ」

しかしメジスで紫、ターイズで碧か……となればガーネは赤色なのか？　アメジスト、ターコイズ、ガーネットと宝石色を連想させる国ばかりだ。事実ターイズは青緑、碧と呼べる色をモチーフとしている。ユグラ教の服も紫を取り込んだ色で、国の創立にそれらの知識が混ざっている可能性は否定できないな。いや、待てよ？

「エクドイク、最近接触してきたラーハイトの姿について聞きたい」

「少年の姿だったと言ったはずだが」

「外見じゃない、装飾品や服の色を知りたい」

「清潔感のある白い服だ、装飾品は……緋色の首飾りを身につけていたな」

ウッカ大司教にも確かめて見る価値はありそうだな。それはそうと、もう一人のならず者はどこに行ったのやら。

「ところでギリスタはどうしたんだ？」

「ギリスタは腕の治療を終えた後、ターイズ国外へと向かった。ターイズ本国では手配されてしまった上に、他の村々では田舎過ぎて居心地が悪いと言っていたからな」

表向きとして二人はターイズ本国で暴れ、要人誘拐、殺害未遂とそれなりの悪行だ。冒険者としても危険視されていたが、国で堂々と暴れれば指名手配もされると言うもの。

しかしターイズが田舎か。確かに森山に囲まれている村ばかりだったしな。ターイズ本国はそこそこ発展している気がするが、他の国も一度は見に行きたいところ。

「再び戦えるようになったら俺の前に現れると言い残していた。伝言としてはそのくらいだ」

「そうか、それまでに何かしらの用意は必要そうだな」

ふと、エクドイクの視線がウルフェに向いていることに気付く。対するウルフェは常に警戒の視線をエクドイクに向けている。

「どうした、ウルフェの視線が気になるのか？」

「――視線と言うよりは内在する魔力の量に物珍しさを感じている。亜人は他国で何度か見ているからな、さほど珍しいとは思わない。だがこれほどの魔力量を持つ者は初めて見る」

「イリアスも同等くらいの魔力を持っているって聞いているけど、やっぱりウルフェの方が珍しく感じるのか？」

「鍛錬で増やした魔力と生まれ持つ魔力には違いがある。イリアス＝ラッツェルの魔力も桁外れではあるが、そこには途方のない鍛錬の痕跡が見て取れる。だがそちらのウルフェと言ったか、同等の量を保有しておきながらまるで魔力が鍛えられていない」

鍛えた魔力ってなんだろう、筋肉みたいに見えるのだろうか。そんなのが見えたらイリアスが余計ゴリラに見えてしまうだろうからご遠慮願いたいものだ。

「ウルフェは普段から魔力が外に溢れるくらい内在魔力が多いらしいからな。わざわざ魔力を増やすような訓練はしていない」

「だろうな。だがそれだけの魔力がありながら本格的に鍛えていないと言うのは勿体なくないか？」

「魔力放出や魔力強化は教わっていると思うのだが」

「そうなのか？　体捌き以外は何の錬度も感じなかったが」

エクドイクは自分の鎖を1メートル程伸ばし切断し、ウルフェに放る。ウルフェはそれを素早く回避した。

「……いや、攻撃ではないから安心しろ。ウルフェ、これをやってみろ」

エクドイクは残った鎖に魔力を通し、蛇のように蠢かせる。ウルフェは訝しげに落ちた鎖を眺めていたが、指でつんつんと感触を確かめる。そして言われた通りに魔力を通してみる。すると鎖は左右にビッタンビッタンと激しく触れ出した。まるで親の仇のように叩きつけている。

「誰だ、こいつに魔力操作を教えている奴は」

「私だが？」

ずいと名乗り出すイリアス。いや、そこは誇らしげに出てくる場面じゃないと思いますけどね。

「極端にも程があるだろう……悪魔でももっと繊細に扱うぞ……」

「ウルフェには基礎から教えるつもりだ。ならばまずは力み方からだろう？」

「……その鎖をやるから鍛錬に使え。俺の魔力を編みこんだ特別製だ。魔力の込め方を工夫することで色々できる」

エクドイクは鎖を自在に動かしてみせた。輪の大きさや長さ、果ては体積を増やしたり、減らしたり。色を七色に変え、炎を纏わせ、水を滴らせ、電気を帯びさせた。その様子をウルフェは尻尾をパタパタと動かして真剣な表情で見入っている。

「むう、器用なものだな」

「それだけ色々できるのにラクラとの戦いでは使わなかったんだな」

「硬度を最高に保ち、触れた相手の肉と骨を溶かし、体内に猛毒と呪いを嫌と言うほど流し込む最大の攻撃だったんだがな……」

「なんか凄い物騒でしたっ!?」

「複雑な属性を組み込む必要はないが、手足のように魔力を制御できれば使える幅も増えるだろう。指導してやってもいいが、俺は手配中の身だからな」

「……エクドイク、ありがとう」

おお、ウルフェがお礼を言った。カラ爺よりも打ち解けるのが早いとは驚きだ。むしろカラ爺はお礼を未だに言われていない気がするが、抜かれたと見るべきか。

「礼を言う必要はない。そいつが俺を生かしたから今があるだけのことだ」

「それでも、おれいはおれい」

「……そうか、では受け取っておこう」

「私もエクドイクさんが死なないように頑張ったのですけどね?」

「うるさい、お前は敵だ」

「酷いっ!?」

ウルフェに指導をしたがる者は多い。ラグドー隊の面々を初めとして、イリアスを女だからと差別している他の騎士団の者達ですらその傾向がある。やはり目に見えて分かる才能が埋もれているのは誰の目にも勿体ないと思えるのだろう。

その帰り道、ウルフェはエクドイクから貰った鎖で早速色々試していた。最初は右往左往に全力疾走といった感じだったのだが、しばらくすると瀕死の蛇のように動き出していた。早くも加減して操作することを覚えたようだ。

「むずかしいです……」

「そりゃあ一日そこらで何でもかんでもできるようになったら世も末だ。努力が必ず実るとは限らないが、積み重ねたものは必ず残る。気負わずに頑張れ」

「はいっ！」

「ところでウルフェちゃん、私もそれやってみていいですか？」

「うん、どうぞ」

ラクラが鎖を手に取り魔力を通す。鎖はふにゃふにゃと動いたかと思うと、すぐにラクラの意思を反映しているかのように規則正しく揺れだした。さらに徐々に鎖の輪の形や大きさも変異させ始めている。

「結構コツがいりますけど、練習には良さそうですね」

「おおー、ラクラ、すごい」

ウルフェの中でラクラへの評価が上がったようだ。ラクラは魔法の扱いに関しては才能豊かなエキスパート、こう言った訓練もお手の物なのだろう。そしてそれに触発されたのはイリアスさん、対抗心が透けて見えます。

「私も良いか？」

「うん」

イリアスが鎖を手に取り、魔力を込める。鎖は最初にウルフェがやった時と同じように極端な動きを見せる。

「む、扱いが難しいな……だがこうすれば……ふんっ」

すると鎖は一瞬で膨張し、奇妙な叫び声を上げ、弾けて砕けた。よくエンジンが悲鳴を上げるとか、そんな描写を聞いたことがあるのだが、無機質の本当の悲鳴を聞いたのは初めてです。

砕け散った鎖の亡骸を前に周囲の空気が凍り、ウルフェがぷるぷると震えている。

「……イリアス、もう一本貰ってこい！」

「す、すまない！」

いたいけな子の玩具を壊したイリアスは一人引き返し、予備を含めて鎖を十本程持ち帰ってくるのであった。

それにしても、エクドイクという師匠を付けることは案外ありなのではないでしょうか。高レベルの魔力強化などはイリアスでも良いのだけれど、加減と言う概念を教えられるのかが本当に心配になりました。

ちなみに異世界人は鎖を操作してみようと奮闘しましたがピクリとも動きませんでした、悲しい。

数日後エウパロ法王達はメジスへと戻って行った。本来ならば収穫祭が終わった後、すぐに帰る予定だったのだが、どうも気に入った食事処を見つけ未練がましく残っていたとのこと。

ラクラの紹介した店と言う時点で大よそ想像はつく。ゴッズもまさか法王が常連になりかけるとは思いもしなかっただろうな。

エクドイクは当面ターイズに潜伏し続け、ラクラの監視をするとのこと。本国には入れないのでターイズの森山でサバイバル生活を送っている。暇にさせるのも悪いのでドコラの地図を与え、資源の捜索の依頼をした。その報酬として食料や日用品の提供を行っている。野生動物どころか並大抵の悪党では手に負えない冒険者だし、十分適任だろう。

残す問題はラーハイトについてだ。エウパロ法王が本を持ち帰ったことでメジス側に手を出すかもしれないし、再びこちらを狙ってくるかもしれない。

ウッカ大司教の話を聞いたことである程度の推測が立った。いつまでも後手で動いていては平穏な日常などは迎えられないだろう。なので今度はこちらから動く必要がある。

「そんなわけでガーネに向かいたい」

「もう少し丁寧に説明して欲しいのだけれどね？」

突如切り出した話題にマリトは冷静に応えてみせる。ノータイムで胸倉を掴んでくるイリアスとは大違いだ。

「ウッカ大司教の記憶にあったラーハイトの装飾品に緋色の腕輪があったとのことだ。その後ラーハイトは少年の姿でパーシュロ達と接触している。その際には緋色の首飾りをつけていた。ラーハイトが魔王信仰者ならばその魔王の名前の由来になる色を身に着けている可能性はないだろうか？　という推測だ」

「つまり、ラーハイトの背後にいるのは『緋の魔王』ではないかと推測したわけだ。そして過去に緋の魔王が現れたガーネを調べてみたいと」

緋の魔王。ガーネ地方に現れ、黒の魔王に次ぐ強さを誇ったとされる魔王の一人。勇者ユグラと激戦を広げ、僅差で敗北したとされている。黒の魔王が最強だと言うのに、次点の魔王に僅差と言うのも妙な話だ。

「調べると言っても、正直どこから調べるべきか悩んでいるがな」

「ラーハイトが緋色を好んでいるだけと言う可能性もあるだろう？　もしくは件の魂の移動に必要な魔石だ、とかね」

「後者は否定できないが前者はない。ああいうタイプは派手な赤色は好まない」

ラーハイトが使用していた魔法は透明な水晶を構築すると言うものだ。身に付けるほど緋色が好きならば魔法の好みにも出てくるのではないか。そもそも奴を意識して抱く色はない、無色こそ奴には似つかわしい。

ラーハイトが本心から魔王を信仰しているかは定かではないが、それを自らの意識に落とし込む為に意図的に緋色のアクセサリーを装着している可能性は高い。

「ふむ、では先にこちらの暗部を送ってみよう。何かしらの異変を感じ取れるようなら正式に君をガーネへの来客として受け入れてもらえるように手はずを整える。それでどうだい？」

「回りくどい気もするが、下調べを代わりにやってくれるのならば文句も言えないな。それで手を打とう」

ガーネで色々調査する為にはガーネの協力を得ることが必然となるだろう。その際に隣国のターイズ国王からの推薦があれば活動範囲も広くなる。もちろんガーネの上層部にラーハイトが噛んでいるのならば気取られる危険性もあるだろうが、それはそれで読みやすい。

「ターイズの者として送り出すことになるんだ。さして長居はできないから調査は迅速にね？」

「そこまで露骨に繋ぎ止めようとしなくても簡単に鞍替えはしないさ」

「いやいや、分からないよ。ガーネの王が君を気に入ることだってあるんだからね？」

「そんな物好きはお前くらいだ。そうだな、一ヶ月もあれば十分だろう」

こうしてガーネにターイズの暗部が差し向けられることとなった。ガーネでは新たな国王が就任してからと言うもの、犯罪率が激減していると言う話を聞いている。そんな治安も良さそうな国に怪しい影は見つかるのか、それは定かではない。願わくは状況を打破する切っ掛けが見つかってほしいものだ。

◆

国王になってから馴染んだはずの執務室。だが彼が入り浸ってからは彼の不在がどうも物寂しい。

現在いるのは護衛を除けばラグドー卿のみ、この組み合わせも慣れ親しんだものではあるのだが、いかんせん虚しさを感じる。

「それで、彼をガーネに送るのですか？」

「彼のことだ、何もなかったと言われようとも勝手に行くだろうからな。準備する期間だけは設けさせてもらった」

個人的意見としては彼には国外に出てもらいたくない。彼の存在はまだターイズにとって必要なのだ。とは言え彼は行動的な臆病者、自分自身でラーハイトとの因縁に決着を付けられなければ気が済まないだろう。

こちらにできることは国の役職として派遣し、滞在期間を設けさせることくらいだ。そうすれば護衛と称して監視をつけることもできる。

「ガーネですか……暗部の諜報結果を待たずとしても異様としか言えない国ではあるのですがね」

「そうだな。ここ数年の動きだけでも躍進的な変化を遂げている。ラーハイトの影が及んでいるかは定かではないにしても、彼の興味を引く要素は盛り沢山だろうな」

ガーネ、ターイズの隣国で広大な平野を領土に持つ大国。騎士が主となるターイズ、ユグラ教の聖職者や聖騎士が主となるメジス、それらに比べガーネでは軍がその力を振るっている。

王が力を持つと言う点ではターイズと変わらないものの、ガーネには民に戦闘訓練を行わせる徴兵制がある。特定の年齢になる若者は軍人としての訓練を受けさせられ、暫くの後一般生活へと戻される。

有事の際には国民も武器を手に取り戦えるように訓練を行うのだ。平野が広く食料の生産量が大国の中でも上位に入り、人口の多さを誇れるガーネならではの政策だろう。

兵の質で言えばターイズは桁違いの錬度を誇るが、数においては数十倍以上の差がある。冒険者ギルドの規模も大きく、亜人の割合もそれなりに高い。個としての戦力より、役割としての戦術を好む彼には相性の良い国とも言える。そう考えるとガーネはターイズに比べ魅力的な点が多い。

自然の美しさではこちらが上なのだが、彼の住んでいた地域は田舎ではなく文明の発展している地域と聞いている。そう考え出すと彼をこの国に留めさせる要素があまりにも少ない。やはりこの国の女を娶らせ、去り難くする基盤を作るべきであろう。

だがそのことについては彼に先手を打たれており、数で攻め落とす手段は使えない。そもそも彼に見合う女性がいるのであれば、自分とて候補に入れたいくらいのものだ。面白そうな提案につい二言で了承してしまったが、今は少しばかり後悔している。

「いや待てよ？　この勝負の決着が長々と付かなければ彼もおいそれとこの国を出ないのではないか？」

「陛下、それはそれで我々が困ります」

流石にそういった身を切る方法は彼が許そうとも他が許してくれないか。ああ、彼を他国に送りたくない。もしも他国が彼の素性を知り、彼自身を知ればきっと欲しがるだろう。

彼は自身を凡人だと言っているが、こちらの世界にとっては非凡なのだ。第一どこの一般人が魔王の配下を追いかけると言うのだ。

「ラグドー卿、名案はないものか？」

「彼をこの国に居座らせる方法ですか……妻帯者となればあるいは。ラッツェル卿などはどうでしょう？」

「その会話はとっくに本人の前でやった、そして失敗だったぞ」

「ふむ、彼の好みが分からない以上は難しいでしょうな」

「あんなコロコロと性格の変わる人物の好みなど分かるものか。性格度外視の絶世の美女くらいしか案がないぞ」

外見の良さだけで言えば彼の周りの水準はとても高い。だが彼がなびかない以上、彼が優先しているのは内面だろう。

「しかし彼と誠実に向き合えば、彼とて陛下の気持ちを無下にはしないのではないでしょうか？」

「彼は過干渉を酷く嫌っている。あまり強く念を押し過ぎるのは避けたいのだ」

我ながら面倒な相手に惹かれたものだと溜息が出る。何であの男は男なのだ、面倒くさい。女なら即座に娶ったものを。

「だが方法が思いつかないのであれば仕方あるまい。友人として切に願うとしよう」

できることと言えばラーハイトの脅威を取り除く協力を惜しまないことだ。義理堅い彼の性格を考慮するのであれば、少しでも恩は売っておくべきだろう。

◆

本日は城の内部をイリアスと二人で適当に散歩中。連日でマリトの元へ訪れたのだが、今日は忙しい様子で会うことはできなかった。せっかく城まで出向いたのでこうして城内をふらふらとしているわけだ。

マリトがガーネに暗部を送って様子の変化を調べると言っていたが、ぶっちゃけただの時間稼ぎの気がしてならない。希少な人材を国に残したいマリトとしては、こちらにガーネに行かれるのは困るのだろう。そうほいほいと世話になった相手と縁を切れるほど薄情者ではないんですがね。

そりゃあ移住するだけならばそう難しい話ではない。だが『犬の骨』のように自分好みの食事処を用意し、イリアス家のような住み心地の良い家を見つけなおさねばならないのですよ。

人間関係とてそうだ。こちらで構築した人間関係が完全になくなると言うわけではないが、住む国が変われば当然疎遠になる。人間交流が好きではない人種にそれらのリセットは辛いものがある。

そもそもこの国に対しては愛着すら湧いているのだ。それを捨てるのはかなりの勇気と覚悟が必要となる。例えガーネが日本顔負けの文明都市だとしても、ここターイズを捨てて移り住む気にはなれないだろう。

ま、気持ちを切り替えてガーネでの行動方針を考えておくとしよう。ガーネに向かう日はそう遠くはないだろう。滞在期間は一ヶ月程度、探索するにしても効果的に行う必要があるしな。

「どうした、いつになく悩んでいる顔だな」

「まあな。実はマリトと相談した結果、ガーネに行くことになった」

「そうかガーネに――いや待て、聞いてないぞ!?」

胸倉を掴まれぐらんぐらん。いやー懐かしいというか死ぬ。精神的慣れはあっても、ゴリラに胸倉を掴まれ揺らされる肉体的衝撃には決して慣れるはずがないのだ。

「待て、そうやってすぐに力尽くで問い詰めるのは止めろ！」

「君のその突然の発言が悪いのだろうが！　せめてもう少し段階を踏んでだな！」

「結論に生き急ぎたいんだよ。それはともかくだ。ラーハイトの痕跡を追う上でガーネでの調査が必要だと判断してな」

先にマリトに大まかなガーネの現状を調べてもらい、その後自分で捜索する流れになった話をする。

イリアスはその説明をゆっくりと噛み砕きつつ、渋い顔をする。

「君自身がラーハイトを追い詰める必要はあるのか？　陛下とて君を守る為ならば尽力してくださるだろう」

「何と言えば良いか……あれだ。ムカデ……毒虫が家の中で見つかったとして、それを処理しないまま放置していたらぐっすり眠れないだろう？　他の奴に任せるより自分の手でしっかり処理しないと安心できないと言うか、まあそんな感じだ」

「気持ちは理解できるが、相手を虫扱いはどうなのだ」

それはごもっとも。しかし日常会話で通じるケースとしてはこういうのが分かりやすいのです。

「しかしだな、いきなり国を出て行くと言われるとだな……」

「先に勘違いを正しておこう。マリトが正式にターイズの者としての滞在許可を申請するか、もしくは個人での滞在になる。前者なら一ヶ月程度、後者ならまあ長くて半年程度の滞在になるんじゃないのか？　終わったら帰ってくるぞ」

「そ、そうなのか。……しかし誤解を与えないように説明できないのか君は」

「掴みかからずに落ち着いて説明を求めてくれりゃ、誤解なんて生まれないんだがな」

「むぐ……」

とは言えこちらも結論から話す癖がある以上、改善の余地はありますです、はい。からかいついでの確信犯的な気持ちもあるのだがそこは内緒。

「悩んでいたのはウルフェとラクラの面倒を誰に頼むかと言うことだ。イリアスだけで二人の面倒は大変だろう？」

「それはそうだが……いや、君一人で行くつもりなのか!?」

「そりゃあそうだろう。イリアスはこの国の騎士で、ウルフェは色々学習中の身なんだ。ラクラの面倒はエウパロ法王から頼まれたが、ガーネの調査に連れて行くわけにもいかないだろう」

「……君は自分の弱さを自覚しているのか？」

酷い返し方である。普通の男の子ならこれで心が折れかねないぞ。自覚しているから平気だけどさ！

「ターイズ国の者としての滞在なら、マリトから護衛が付けられるだろうから問題はない。ダメだった場合は一人になるが、護衛が必要なら現地で冒険者でも雇うさ」

「私が陛下に進言すればきっと陛下が私を護衛に――」

イリアスが言葉に詰まる。理由は分かっている、その先を断言できないからだ。

「そこまで言ってようやく気付いたか。マリトがこれ以上お前を護衛に付ける保証はない」

ラーハイトの脅威が発覚した後に要人警護の任務を与えられたイリアス。しかし彼女は失敗してしまったのだ。相手が三人掛かりだったとは言え、周辺にいた民の安全に気を取られ優先すべき護衛対象を誘拐されたあげく、脅迫の材料として使われてしまった。

結果こそ無事で良かったとしても評価が下がったことは間違いない。だがイリアスの行動が間違いだったと言うわけではない。ギリスタが周囲の人間を襲おうとした時、注意を促して止めさせたのはこちらだ。少なくともあの場で一般市民を見殺しにする判断を下せた者はいない。マリトやラグドー卿ならば迷うこともなかったのだろうが、こちとら正義感に揺れる若者なのだ。

ちなみに現段階ではイリアスへの護衛の任は解かれていないものの、マリトのいる部屋への入室許可が出されていない状態だ。それだけされればイリアスもマリトが怒っていることを察することはできるだろうさ。

「……そうだな。咎めがないだけ温情なのだろうな」

「こちらとしてはイリアスがついてきてくれれば心強いんだがな。それにはマリトを説得する必要がある」

マリトを説得すると言うのは骨が折れる作業だ。こちらにはとてもフレンドリーな態度を見せているがその実、譲るところしか譲らない男だ。

当然ながらイリアスの立場では一回目の拒否で話は終わる。王と一介の騎士の立場では交渉の余地すらない。可能性があるとすれば友人扱いされているこちらだけだろう。

「幸いにもマリト側で用意する時間を要求してきたんだ。それまでにできるだけ手は回すつもりだ。だが期待はしないでくれ」

「……ああ、わかった」

イリアスの落ち込みっぷりが激しい。今まで警邏の仕事ばかりで、責任ある仕事での失敗はなかった。女性としての差別を受けた悔しさならいざ知らず、自分の失態による悔しさからの気落ちだ。

護衛を付けられるのならば当然イリアスが好ましい。実力と信用があり、親しみも深い。確かに護衛として判断の甘い面も見せたが、ガーネでは守るべきターイズの民はいないのだ。同じ失敗を繰り返す可能性もないだろう。このまま落ち込ませたままで別れるのも忍びない。どうにかしてやりたいものだ。

「——庭園でも見に行くか」

気分転換にはあの見事な庭園はうってつけの場所だ。マリトが自負するだけあって、その場にいるだけで心が安らぐ。イリアスには花を愛でる風習はないが、それでも気晴らしにはなるだろう。……それはそうと小腹が空いた。先に何か軽い食事を貰いに行くとしよう。

城にある厨房へと顔を出すと、本日も多くの料理人が忙しそうに作業をしている。王様に出す食事だけではない。城に勤務する騎士や高官、番兵達の昼食なども用意しなければならないのだ。

城に来る時には食事が出されるのだが、中途半端な時間に来た場合はこうやって厨房に顔を出して簡単な賄いを貰ったりしている。そのおかげで厨房のおっちゃんとはそこそこ親しい仲だ。

「おっちゃん、また来たぞ」

「おう、陛下のお気に入りの兄ちゃんか。とと、隣にいるのはラッツェル卿じゃないですか」

「ああ、邪魔してすまない」

「いえいえ、ラッツェル卿も小腹を？　せっかくですから何か用意しますよ」

「いや、私は――」

「せっかくだから付き合え。一人で食べているところを凝視されても味気ないだろう」

「……わかった、軽めにいただこう」

ここの料理は当然ながら美味しい。塩をほとんど使わないので個人的にはもう少しパンチが欲しいのだが、その調理技術は大したものだ。

トレイに簡単な食事を載せて厨房の裏庭に回る。従業員などが休憩したりしている場所だが今は人気もなく静かだ。人に見せる為の庭ではないはずなのだが、小さいながらも花壇が手入れされており、見る者の心を和ませてくれる。

「マリトの庭園に比べれば小規模だが、これはこれで味があるよな」

「……そうだな」

心ここに在らずと言った感じだ。マリトの庭園に連れて行っても効果はないんじゃないだろうか。

こちらが武人なら憂さ晴らしにでも付き合ってやれるのだが、イリアス相手では体が持たない。イリアスの気晴らしになるレベルとなるとラグドー卿や他の騎士団団長の方々だが、状況が状況だけに誘い難い。

イリアスがサイラのように一般的な女性ならば、それなりに楽しませる方法も思いつくのだが……

そうだな、サイラにも頼むとしよう。


「わっせ、わっせ、ふぅ」

色々考えていると若いメイドさんの一人が菜園道具をわんさか抱えてやってきた。どうやらこの裏庭の手入れをしている者のようだ。

「わわわっ!? ラッツェル卿!? それとええと――」

「――尚書候補の者だ」

一応実際に尚書候補にはなっている。しかし今更過ぎるけど尚書って言い方古くない？ ラクラに至ってはその呼称で馴染んでしまってるからなぁ。中国辺りで使われていた呼称と言うのは日本で生活している際の読書で知っていた。

その結果か、マーヤさんの憑依術による翻訳にはこう言った近頃聞かないような単語がちらほらと使われている。本格的にこの世界の言語を習得すれば問題ないのだが、いかんせん習得に時間が掛かっておるのです。

そうだ、ガーネに行くならその間の憑依術の維持も考えなければなるまい。その辺をマリトに指摘されたらガーネに行くことも難しいぞ？

「ええと、それでは尚書候補様とお呼びすれば——」

「それじゃこっちは裏庭担当のメイドさんと呼ぶことになるな。役職についているわけじゃないんだ。気軽に接してくれ」

「あはは、それじゃあお兄さんでよろしいですか？」

メイドにお兄さん呼ばわりか、需要と供給に合わない感じだが悪くはない。兄ちゃん呼びの人口率はいかついおっさんが多いので、ここは女子率が上がることを受け入れようじゃないか。

「ああ、それで裏庭担当のメイドさんは？」

「私はルコと申します。未熟者ですが給仕係として、このお城でご奉仕させていただいています」

年はイリアスより少し上、ラクラやマリトと似た年代だろう。しかし久々に女性らしい女性と遭遇した気がするなぁ。イリアス、ラクラ、ギリスタ、リリサ——はラーハイトが中身だったから忘れよう。

「給仕係なのに裏庭の手入れをしているのか」

「これは休憩時間に趣味でやらせてもらっています。私園芸が好きで、家でも花を育てているんです。ここって何もなくて寂しい場所だったので……」

「素人目でも丁寧な仕事だと分かるな。好きで腕も悪くないんだ。マリ——陛下の庭園とかで仕事をすれば良いだろうに」

「とんでもない！　あの庭は陛下がご愛好しているターイズきっての職人さんが管理していらっしゃるのですよ！」

そう言えばそんなことを言っていた記憶もあるな。まあ園芸が趣味のマリトのことだ、多少腕が良いからと給仕係のメイドさんに自慢の庭園を任せることはないだろう。

「だがああ言う庭園には憧れないか？」

「それはもちろんです。私も将来的にはその一端に関われたらと夢見る時もあります」

サイラほどの熱意はないにせよ、憧れを抱く者の姿は見ていて飽きない。日々の合間にこれだけの技術を身に付けるのに、どれだけの長い年月を掛けてきたのか。花のチョイスや位置付けも、こうやって休憩している者がふと眺めた時に美しく見えるように注意を払っている。違う種類の花を同じ花壇で手入れするのは大変だろうに。あの豪華な庭園に比べれば見劣りするが、これはこれで愛着が湧くものだ。

「休憩の折に眺めるにはもってこいだ。またちょくちょく見に来させてもらってもいいか？」

「もちろんです。お兄さんも園芸がお好きなのですか？」

「素人の物好き程度で得意ってわけじゃないけどな。家では小さなプランターで野菜を作っている」

「良いですね！　私もお花がメインですけれど、お野菜もちょこちょこ育てたりしていますよ！」

「そりゃその年で野菜作りに精を出すメイドがいたら、給与を上げてやれと陛下に言ってやるよ」

「あはは、お兄さんは勇敢なのですね」

ルコと一頻り会話をしたのだが、イリアスはほとんど乗ってこない。近しい年代だろうに、親しくなろうと言う気は……今の気分じゃ仕方ないか。

ルコもその様子を察してか、イリアスに対しては積極的に会話を持ち掛けないでいる。しかしやはり気になるのだろう、ヒソヒソ声でこちらに尋ねてくるのであった。

「あのお兄さん、ラッツェル卿は何故あそこまで落ち込んでおられるのですか？」

「とある失敗をして相手の期待を裏切って怒らせてしまってな、それで凹んでいる」

「それで……繊細な方なのですね」

「ある意味ではな。そうだ、そういう相手に花を贈る場合にどういった物が良いか詳しいか？」

賄賂と言うほどではないが、マリトと交渉するのならば何らかの贈り物を用意するのも悪くないだろう。そりゃあこっちの永住権を見せれば食いつくだろうが、そういった重いものは控えたい。

「そうですね……うーん。時間をいただければ私が用意しますけど……どういったお相手なのですか？」

ここでマリトの名前を出すべきだろうか、恐れ多いと拒否されるかもしれない。しかしせっかく用意してくれるのだからきちんとした情報は提示したい。

「――陛下の様な人だ。ついでに園芸好きなところも一緒だ」

「まあ、それでしたら鉢植えでも良いかもしれませんね」

「ああ、自室にも植物を置きたいと言っていたな」

そんなこんなで丁度いい形で贈り物の用意ができた。贈り物一つで心変わりするとは思わないが、多少のリラクゼーション効果は狙えるだろう。

「はっ、もうこんな時間！　休憩時間が終わってしまいます!?」

「話に時間を取らせてしまったな。こっちは暇をしていたところだ、手伝おう」

「ありがとうございますお兄さん！」

二人でわっせわっせと手入れを済まし、道具を倉庫に運んだ後にルコとは別れた。しっかし普段のイリアスなら手伝いくらいするだろうに、余程堪えているのだろう。言わなきゃ良かっただろうか、しかし遅かれ早かれガーネに行く準備はするのだ。

全部伏せておいて当日までにマリトを説得しておいた……とかなら良かったかもしれないが、イリアスは隠しごとをされるのが嫌いだからなぁ。少しはラクラのような自由奔放な生き方を——いや、それは止めて欲しいわ。

◆

自分の意気消沈ぶりを自覚し、我ながら騎士らしからぬ女々しさだと気が重くなる一方だ。

初めての護衛任務、自分の実力ならばどんな不逞の輩が相手でも遅れを取ることはないと自負していた。事実単純な戦闘力ならばギリスタやエクドイク、そしてパーシュロにだって勝機は十分にあったのだ。

しかし結果はどうだ、護衛対象の彼を守ることができなかった。ギリスタとの一騎打ちにこそ勝利したが、パーシュロには苦戦を強いられ、彼の入れ知恵を活かしたウルフェが勝負を決めた。

そして再び彼の命が危険に晒された時にも私は何もできないまま、彼自身が事を終わらせてしまった。最初は彼が無事だと思っていたが、そんなことはなかった。彼は状況を打破する為にパーシュロ達の思想に足を踏み入れてしまっていたのだ。

ドコラと語っていた時のそれとは深さが違う。まるで人が変わってしまったかのようにも思えた。もしも彼との邂逅の時にあの姿だったならば、私は決して彼を国には迎え入れなかったと断言できる。死の間際にいたパーシュロに語りかけていた彼の顔を見て、手遅れだと思ってしまったほどだ。だが彼は自力で戻って来れた。私と目を合わせているうちにその濁りは元の輝きに戻っていたのだ。

きっと私の在り方を目印に深い闇の思想から還ってきたのだろう。だがそれは私がいなければ戻って来れないほど、深く沈み込んでいたと言うことだ。

周囲には自分を容赦なく殺せる狂人達、そんな相手に捕らわれていた彼は手段を選ばずにできることをやってのけたのだろう。しかし私は彼の護る騎士としての務めも、彼の歩む道を踏み外させないと言う個人的な決意すらも果たせなかった。

そして彼の口から考えないでいた事実も再認識された。あの時の陛下の怒りは本物だった。武力では遥かに先を行く私でさえ竦む程の怒りを向けられたのだ。

彼がガーネに行く時、陛下が私を再び護衛の任に就けてくれる保障はない。今はこうして暫定的に続けていられるものの、そう長くは続かないだろう。

「――帰るか」

「あ、ああ……」

そうこう悩んでいるうちに食事が済んでいた。彼は誰かと話していた気がするが、誰だったか……。

私の落ち込みように彼のやる気も削いでしまったようだ。ますます申し訳なさが積もっていく。

「おや、そこにいるのはラッツェル卿ではないか」

「……レアノー卿」

城の出口へと進んでいくと見知った顔と出合う。最も多くの騎士を率いるレアノー隊、その騎士団長であるレアノー卿。私の立場を良く思わない人物の筆頭だ。

「そして傍に居るのは——なんだ君か！」

突如レアノー卿の表情が変わった。私に対する嫌みったらしい顔はどこへ行ったのか、まるで親友にでも出会ったかのような顔をしている。

「お久しぶりですねレアノー卿。城で会うのは初めてですね」

「まったくだ。いつでも顔を見せに来ると良いと言っているのに、一度も顔を見せずにつれぬ男だ」

「いやぁ、城に来る以上は陛下が優先ですからね」

「そう言われれば返す言葉もないがな。行くところがなければ私のところで重宝してやろうと思っていた矢先に、陛下の懐に居座るとはつくづく油断のない男だ。だが私の見込みに間違いはなかったと言うわけだ」

あのレアノー卿が気さくに笑いながら彼と話している。この意外な展開についていくことができない。彼とレアノー卿が最初に出会ったのは兵舎、山賊討伐の会議を開いた時だ。あの時レアノー卿は彼に対し、見下すような視線や口調でいたと言うのに……。

「なんだラッツェル卿、その気の抜けた顔は。聞いたぞ、彼の護衛を陛下から任されていながら、みすみすと不逞の輩に攫われたらしいな」

「……っ！」

　ああ、流石に知られていないわけがないか。ギリスタ達はあれだけ人目に付く場所で暴れたのだ。その話は他の騎士団にも伝わっているだろう。私のことを嫌悪している彼らがそんな話を素通りしてくれるはずもないか。

「くだらん。失敗したことが事実であったとしても、貴公は彼を無事に救出したではないか。汚名をそそいでおきながら何様のつもりだ。もう完璧な騎士にでもなったつもりか」

「……え」

「貴公が国民を庇い戦った話などとっくに聞いている。よもや貴公は彼らが死ぬべきだったと後悔しているわけではあるまいな？」

「そ、そんなことは！」

「ならば胸を張れ。民を守ると言う騎士道を貫きながらも失敗を取り戻せたのだ。貴公の立場でそれ以上を求めようなど、おこがましいにも程がある！」

　これは……私を激励しているのか、あのレアノー卿が？　だがどうみても侮辱されているようには聞こえない。むしろ若輩に指導している騎士そのものではないか。

「まったく、こんなしみったれた護衛がいては君を夕食に誘い辛いではないか。ではまた今度、機会を設けてじっくりと話をするとしよう。ではな」

　レアノー卿は最後に彼に笑いかけながらその場を去って行った。彼はその様子を見て、軽く溜息を吐いて私へと向き直る。

「意外だったか？」

「あ、ああ。君がレアノー卿と親しくなっていたことも、今の言葉も……」

「別に不思議じゃないんだがな。レアノー卿は元からああいう人間だぞ」

「いや、しかし、君だってあの時のことは覚えているだろう？」

彼が覚えていないはずがない。私が他の騎士団から軽んじられている話を聞いて、彼がその対策を練ったのだから。

「そりゃあな。レアノー卿がイリアスのことを良く思ってないことは事実だ」

「では何故――いや、君がレアノー卿と親しいことに関しては、私には聞く立場ではないのだが……」

「イリアス、確かにイリアスが他の騎士団の騎士達から疎まれていることは確かな事実だ。だがな、全員が全員同じ理由でお前を疎んでいると思っているのか？」

「……どう言うことだ？」

私を疎む理由、それは私が女だからと言うわけではないのか？　いや、それは間違いないはずだ。事実彼らの口にする言葉は『女の癖に』と決まっているのだ。

しかしそんな私の考えを見透かしているかのように、彼は頭を掻きながら話を続ける。

「レアノー卿がお前を疎んでいる理由、それは女性が格式高いラグドー隊にいることだ」

「……私が女だからと言うことではないか」

「イリアスでなくともレアノー卿は同じように接すると言っているんだ。レアノー卿にとってラグド一隊は自分が騎士を目指した時から存在する理想の騎士団だった。レアノー卿は古くから続いている騎士団の伝統を尊敬していた。ま、悪く言えば古い考えに囚われた人ってことでもあるんだが」

「……そうなのか」

そんな事実を知っているのは間違いなくレアノー卿本人でしかありえない。彼はそんなことを聞きだしていたのだろうか。

「レアノー卿の心中にあるのは男尊女卑の念ではなく適材適所、由緒正しきあるべき姿を重宝したいと言う意思だ。そこに新参で女性のイリアスが姿を現したから煙たがっているだけに過ぎない。あの場でもイリアスが他の騎士団団長達を差し置いて全員を束ねようとしていたからこそ、その立場を奪おうとしていたんだ『女性が由緒正しき騎士団を集め指揮しようなどおこがましい！』とでも言いたげにな」

「しかし、それは他の者達も同じではないのか？」

「フォウル卿は私情だ。お前フォウル卿の部下の前で彼を打ち負かしたそうだな？」

……そういえばそんなこともあっただろうか。軽く相手をしてやるとか言われ、挑まれたことがあったな。私はいつも通りに全力で挑み……確か私が一本を取ったはずだ。

「新人を揉んでやろうと思った矢先に部下の前で恥をかかされたんだ。男女以前に恨みをもたれるのは当然だろう」

「いやしかし正式な勝負である以上手加減は……」

「イリアスにそういった空気の読み方ができるとは思っていない。だが起きた結果くらいは理解してやれ。男ってのは拘り強い生き物なんだ」

「む、むう」

「他にも色々あるぞ、愛剣をお前との決闘でへし折られた者。溺愛する妹に尊敬する騎士は兄ではなくラッツェル卿だと言われた者。名前を間違えて呼ばれたことでその仇名が定着してしまった者。別にラッツェル卿とは因縁はないがラッセル卿と因縁があってついでに恨んでいる者――」

彼はつらつらと理由を挙げていく。そんなに様々な理由で私は嫌われていたと言うのか？　色々な意味でショックだ、と言うより私と関係のないことが混ざっていないか？

「イリアスのそれはウルフェのような統一された迫害とは違う。相手を嫌う理由にも様々にあるんだ。最も数が多い『女だから』と言う理由が建前となってはいるが、そこに固執している者ばかりじゃないのさ。その数が増えすぎたからイリアスの目にはどれも同じ風に見えるようになっていたわけだけどな」

「しかしそれだけのことをいつの間に……」

「式典の日、イリアスが出番の際に舌打ちしていた奴がいてな。そいつの素性を調べているついでに色々調べ上げた」

「あの日から……？」

「なぁに、舌打ちしていた貴族に関しては追々後悔させておいたからイリアスは知らないことにしておけ」

最近ラクラと街をふらつき、帰りが遅れることが多かったが……影でそんなことをしていたのか。

よもや犯罪行為を……まあ彼とて常識の範疇でやっていると信じよう。

「嫌なことは怒りに変えて力にしろだと言いながら、君は私情で手を出していたのか……仕方のない奴だな」

「イリアスが怒りに任せて手を出しても拗れるだけだろう。だがこちとら友人をコケにされたんだ。手を出しても構わないだろう？」

彼は意地悪そうな笑顔を作る。本当に仕方のない奴だ。だが私を友人と見ていてくれたこと、私の為に動いていたことを知れたのは……悪くない。

「しかし……私はそんなにも多くの理由で嫌われていたのか……」

「そりゃあ幼少期から友人も作らずに鍛錬ばかり、人間関係の構築の仕方もろくに学ばず周囲には目もくれない。そのくせ実力が高く、他の者達のお株を奪ったりこれでもかと目を引いたりすればな」

聞く耳が痛い。言われて見れば彼らとて最初から私を毛嫌いしていたわけではなかったのだ。だが私は他人との関係を構築するよりも、自分の技量を磨くことだけに専念して生きてきた。ただ良き騎士を目指そうと……いや、他人を顧みず好き勝手にやっていれば嫌われるのも当然だろうな。良き騎士を目指す前に、人として当たり前のことが欠けていたのか私は。

「幼少期で親を亡くし、心の余裕もないまま自分を磨き続けたんだ。今さらそこを責める必要はないさ。ただ今はもう違う。友人だってできただろう？　焦らず色々学んでいけばいいさ」

「――そうだな、君と言う友人ができたのだ。もっと他人にも目を向けても良いのかもしれないな」

「……あーいや、サイラのことだったたんだけどな」

「……君とて私のことを友人と言っていたではないか！」

「そうだったか？」

「言ったぞ！　私と友人であることに不都合や恥ずかしいことでもあるのか⁉」

「面と向かって言われるのは恥ずかしいだろ、常識的に考えて」

私は確かに失敗していた。だがそれで全てが終わりと言うわけではないのだ。くよくよしていてはそれを取り戻すどころか更なる失敗に繋がりかねない。完全に切り替えるのは難しくても、前を向かねば進めないのだ。

「まったく……ともかく礼を言わせてくれ、ありが――むぐ」

手で口を塞がれる。いやそうされると喋れないし、礼を言うことができないのだが。

「礼なんていらん。世話になっているのはこっちで、今はその恩返し中なんだ。その恩も返しきっているわけじゃないしな。どうしても礼を言いたければ、それを返し終わってからにしてくれ。何か世話を焼く度に礼を言われてちゃ返しきれないだろうが」

「……君は随分細かいことを気にしているのだな。別に言われたからと減るものではあるまいに」

「減るんだよ。礼を言うのだって立派な恩の返し方なんだからな」

「――本当に、男とは拘りの強い生き物なのだな」

彼がそうしてくれと言うのならばそうするか。この感謝の気持ちは彼が満足した時に取っておくとしよう。……だがその時には礼の一つで済む話になるのだろうか、現状でもこちらの方が尽くされていないか？　だ、大丈夫なのか？

07　さしあたって露呈しました。

　レアノー卿の登場によってイリアスの気分が幾らか晴れたのは良かった。しかし他の騎士団との交流を深めていたことを気付かれたのは正直焦った。イリアスの人格を疑うわけではないが、やはり当人を好ましく思わず嫌がらせをしている相手と仲良くしていると思われるのは気まずいものがある。

　イリアスの場合何でもかんでも一緒くたにするのだ。イリアスへの友情とレアノー卿への友情を同じに見られては困る。そもそも狭く深くの交友関係が好きな身としては広い交友関係を作ると言うのは案外苦労が多いのだ。それに顔が広くなると色々面倒も舞い込んでくる、今のように。

「貴方が陛下と頻繁にお会いになっている尚書候補ですね？」

「ええまあ、そうですね」

　目の前にいるのはターイズ国に居を構える貴族の娘。名前は……今後会うことになれば覚えるとしよう。貴族の屋敷に呼び出され、何用かと言われれば――

「用件とは、私と陛下が結ばれるように取り計らって欲しいのです」

　とまあそんな私欲にまみれた用件です。騎士達との交流を広める為にマリトとの仲の良さを利用している本人が言えた義理ではないのですがね。

「陛下はとても奥手な方。食事会にはお顔を出されても、今までどの女性とも個別にお会いしようとしておりませんの」

それは単に興味のある女性がいなかっただけだと聞いております。あいつが奥手とか、吹き出したくなるようなジョークは止めてくれ。

「私は名家の出、教養も気品も陛下に相応しくなるよう磨き上げてきました。そう、私こそが陛下の妃になるべきなのです！」

その自信を部屋の外で待機させられているイリアスに一割でも分けてやって欲しいですね。あとラクラに半分ほど、そうすればお互い丁度良くお淑やかな女性になれると思います。

「陛下に気に入られ、日々会話できる貴方ならば私と陛下が二人きりになれるように計らえるはずです」

「それはできるとは思いますが」

「では頼みましたよ、なるべく急ぎでお願いしますわ」

ここまでくると逆に感心したくなるね。こちらの都合なんざ、これっぽっちも聞いちゃいないし。

「受けるとは言っていませんが」

「いいえ、貴方には断れません。貴方は庶民の友人に衣服の仕立てを学んでいる者がおりますわね？」

「ええ、まあ」

該当するのは間違いなくサイラだ。人の交友関係を調べているあたり、結構な腹黒だね、この人。

「その者が最近私の家の息が掛かった仕立て屋で修行していることはご存知？」

「それは初耳ですね」

「貴方は友人の未来を潰したいのかしら？」

自信満々なお嬢さん。こりゃまたストレートな脅迫だこと。技術を要する高級な服を作る店ならば貴族との関係が深くても不思議ではない。

仮にサイラが今の場所を追い出されたとしても、バンさんに頼れば新たな修業場を提供することはできる。だがサイラは今の場所を良い場所だと言っていた。上の都合で掻きまわされるのは迷惑だろう。それにサイラに辛い思いをさせたくはない。

見た目こそ自負するだけあって綺麗なのだが、選民思想を拗らせた者の末路とは悲しいものだ。まずマリトとこちらの仲を履き違えているところからしてダメ過ぎる。庶民と王様が友人関係になっているなんて微塵にも考えていないのだろう。この辺を指摘するだけでも効果はありそうなのだが……下手に刺激をしても面倒だ。

「仕方ありませんね。では今日の夕食を陛下と二人でできるように取り計らいましょう」

そういう手合いにはそういう手を使わせてもらおう。マリトには悪いが件の取り決めを利用させてもらおう。

そしてお膳立てをしたその日の夜、早速お嬢様に呼び出された。貴族のお嬢様はあまり良い顔をしていない。そりゃそうだろうよ、いきなり食事の席を設けられたマリトが好みでもない女性と仲良くできるわけもない。王様相手に強気に出れるわけもなく、何の策略もないお見合いデートなど失敗して当然だ。

「その様子だと芳しい結果ではなかったようですね」

「いいえ、まだ最初なのだから陛下がそつないのも当然のことです！　貴方にはまだまだ動いてもらいますわ！」

「――残念ですがそれはできません」

「なんですって？」

「お嬢さんはどうして一庶民であるこちらが、陛下の夕食の席に他人を推薦できるか考えなかったのでしょうかね？」

「それは――それがなんだというのです!?」

不穏な空気を感じ取れる危機感は持ち合わせているようだ。ありがたいね、何も感じない無神経な人間なら話を通じさせるのにも苦労するからね。

「陛下とは二人の間で幾つか決めごとをしているのです。『紹介する女性とは必ず会うこと』、これが一つ目です。それだけ陛下はこちらを信用しているのですよ」

「だったら二度目三度目でも――」

「これが知れ渡る。そうなると貴方みたいな人が出てくるでしょう？　だから二つ目、『この取り決めを利用しようとした者、その人物はマリト＝ターイズに害なす者とする』。つまり貴方に次はありません」

「なっ、そんなのでまかせに決まってますわ！」

懐から一枚の羊皮紙を取り出してそこに書かれてい文章を見せる。そこには先の取り決めの内容を記した文章が書かれている。そしてサインの箇所にはマリトの名前と、貴族ならば知らないはずのない王族だけが使用できる印鑑が押されている。

「こちらがしつこく同じ女性をあてがわれては陛下にとっても迷惑。それ故にこのような取り決めになっております」

「そんな……そんなことって……」

「陛下とは互いに良き相手を見つけようと言う間柄でしてね。ただそれを滞りなく行うには第三者の干渉が邪魔だったのですよ」

マリトとの取り決めにおいて、まず紹介する女性に会うことが前提条件となっている。忙しいから会えない。だけどこっちは紹介するではフェアではないからだ。ただこの方法を他の者が知ってしまった場合、特にマリトに接触を試みようとする者は増えてくるだろう。

それこそ今のように立場の弱い平民を脅してでも出てくる輩はいるのだ。そのための特例措置。平たく言えば『友情を利用する奴は許さん』という内容だ。

「お嬢さんが先に脅してきたのでこの辺の説明は省かせていただきました。ですがしっかり適用されていますのでご安心を。ああ、別に今すぐどうこうするつもりはありませんよ。これは手当たり次第に女性を罪人にする為ではなく、二度目を防止する為のものですからね？」

この取り決めを知って利用し接触してくる女性は、マリトを確実に落とせる自信のある女性か、暗殺者くらいのものだろう。無論マリトの傍には優秀すぎる暗部君がいる為後者は問題ない。前者とて一度目が不発に終われば食い下がる勇気は出てこないだろう。それでも食い下がるのであれば、目障りだとマリトに排除されるだけのこと。

ちなみに逆の立場、マリトが同じ女性をしつこく紹介しようとした場合には縁を切るという旨の文章が書いてある。他には紹介できるのは最大で週で一人ずつ、互いに興味を持った場合のみ追加で紹介可能など。

あとは『お互い取り決めの穴を突くような小賢しい真似はやめようね』と言った内容も含まれている。これは互いに即納得した。

この貴族のお嬢様とはもう会うこともないだろう、そういうわけで名前を覚える機会はなしということで。

そして翌日、マリトの執務室にて後日談。マリトは皮肉げに笑いながら話を聞いていた。

「いやぁ、あそこまで自惚れの強い娘は久々だったねぇ。確か何度か前の食事会で見たことあったかなぁ」

「顔は良かったから覚えていると思ったんだがな。とは言え迷惑を掛けさせて悪かったな」

「『ハズレだが会って欲しい』だなんて笑ってしまったけどね。君には余計な真似はしてないかな？　友人を脅しただけでも俺としては許せないわけなんだけど」

「世間知らずなお茶目だ、一度目くらい見逃してやれ。良い勉強になっただろうよ。っと、そうだ今日はこれを持ってきた」

そういって布に包んだ贈り物をずずいと前に出す。賄賂――ではなく例のブツ、この表現もいかがなものか。

「気にはなっていたけど、なんだいそれ？」

「迷惑の詫びとしてな。気に入らなかったら持ち帰る。個人的には気に入っているからな」

「どれどれ……」

マリトが包みを解き、そして感嘆の声を出す。それはルコに頼んで作ってもらった鉢植えだ。観葉植物のパキラの様な鉢植えで、華々しさというよりは温かみのあるインテリア向けの物だ。

「これはまた……希少な物だね」

「そうなのか？　知り合いに頼んで一日二日で用意してもらった品なんだがな」

「そうは言うけど、これは市場でもなかなか出回っていない品のはずだよ？　ああ、でも黒狼族の森なら見つかる可能性があるからそこからかな。うーん、嬉しいけど俺に育てられるかなぁ」

「ああ、その可能性も考慮してか、育て方の説明書を用意してくれているぞ」

なるほどな。ルコが説明書を用意したと聞き、そこまでする必要があるのかと思っていたのだが、希少な品ならばそれも頷ける。しかしその説明書を見たけど非常に細かくびっしりと書かれていた。まだ若いのに老眼鏡が欲しくなったぞ、これ育てさせる気あるのかね？

「凄く熟知しているなぁ……でも読んだ感じ、置き場所や環境にだけ気をつければ片手間でも育てることはできそうだね。寝室にでも置くとするよ」

「執務室でも良いんじゃないか？」

「いや、こういうのは気持ちを落ち着かせたい場所におく物なんだ。しかし実に良い贈り物だね、本当に嬉しいよ！」

これが演技なら人間は信じられないと言わんばかりのテンション。マリトはとても気に入っているようだ。ルコのセンスはとてもよろしい模様……ふむ。

「マリト、今回の件でこっちの紹介の番を使ったんだが、今のところそっちから紹介できる女性はいるのか？」

「残念ながら、君の好みがいまいち掴めなくてね。自由人な妹でも紹介しようかと思っているんだが、何せ国土にいないからね。摑まえるまで待ってもらえないかい？」

「一緒にいて疲れる女性は悩ましいな。それじゃあ次の食事会に一緒に参加するとしようか」

「本当かい？　女性比率が多くて気苦労してるんだよね。来てくれるなら助かるよ」

そもそもそういう食事会に参加するのに抵抗がある云々で持ち出した話だ。こちらの参加は喜ばしいことだろう。二人の取り決めがあるとは言え、マリトはある程度の婚活を余儀なくされているのだ。

そのストレスを減らしてやりたいところではある。

「だがそれでも囲まれることには変わらないんだろうがな」

「そうだろうねぇ。ウルフェちゃんでも貸してくれない？」

こちらの用意した女性と一緒にいればマリトとしても気が楽だろう。ウルフェという人選も悪くはない。互いに恋愛感情には遠くても、多少の顔馴染みではある。それに黒狼族との交流云々という言い訳も立つしな。だがそれはまた今度と言うことにしよう。

「ウルフェにはまだ早い。だがマリトが疲れない相手なら連れてこれるぞ」

「そうかい？　借りてきた猫のように大人しければ文句は言わないさ」

「そうだな、きっと大人しくなるだろうな」

「なんだか企み顔してない？」

「なに、相手の驚く顔が目に浮かんでな」

こういった悪戯好きな面はマリトを前にしているのだからと思いたいものだ、うん。

◆

食事会当日、久々の礼服を身に纏いどんぶらこ、どんぶらこと馬車の中。しかしまあ、上流階級の食事会なんてこの世界に来てから参加することなんてないと思っていたんだけどなぁ。

最近気の抜けた生活が続いたせいで、色々と表情筋が強張ってしまっている。余所行き用の笑顔はしっかり作れるだろうか。むにむにと自分の顔をマッサージしていると、その様子を見て不安そうな声で語りかけてくる同乗者。

「あの、お兄さん。やはり私にはこう言った席には……」

「何言っているんだ、ルコ。城勤めしているんだから礼儀作法はこっちよりも詳しいだろう？　ドレス姿も十分似合っているじゃないか、綺麗だぞ」

ご覧の通り誘った相手はルコだ。鉢植えの件で世話になったからと言う名目で食事会に誘ったのだ。決して都合の良い相手だからとそんな酷い理由ではない、多分。

「ですが貴族の方々と上手く会話ができるかどうか……」

「大丈夫だ。ルコが用意してくれた鉢植えを送った相手も来ている。贈り物にはとても喜んでいたし、何より同じ園芸好きだ。窮屈そうならそいつと鉢植えの話でもして時間を潰せばいいさ。それでも駄目なら食事と酒だけを楽しめ」

「まあ、お兄さんのご友人もいらっしゃるのですね。陛下に似た方と聞きましたが、他にどのような方なのです？」

他にと言われても陛下そのままだしな、まあ良いや。『本人です』を封印して説明するとなるとちょっと頭を使うな。

「そうだな。普段はしっかり者なんだが、こっちに対しては気さくで子供みたいな態度で接してくるな。眼の前で表情もコロコロ変わって飽きないぞ」

「あはは、それはとても愉快な方なのですね。それでしたら私も肩の力を抜けそうです」

多分無理だろうなー、でもいいや。せっかくなのでこういった場での礼儀作法を教えてもらいつつ、会場である貴族の屋敷へと向かう。

余談ではあるがこういった食事会の主催者に選ばれるには娘がいない、いるにしても結婚済みや婚約が決まっている家に限られている。自分の娘を優遇してプロデュースできるような機会は用意させたくないからだ。

まあ主催ができる貴族ってことはだ、マリトの妃探しを必死に応援している愛国者が多いわけで。それ目的の参加者もしっかりと集めているわけですが、マリトの性格からして一対一のお見合いの方が合っているのではないかと思います、はい。

そうこうしているうちに目的地に到着。馬車は門の外に止めて降りることになる。先に会場の確認を行う為に一人で降りると既にマリトが待っていた。

マリトはこちらに気付くと嬉しそうに駆け寄ってくる。国王を門の外で待たせるのはどうなんだ。入り口の執事さんガッチガチに緊張してるじゃないか、可哀想に。

「やあ友よ、一人で入るのは寂しくてね。首を長くして待っていたよ」

「普段からこういう場に顔を出しておきながらよく言えるもんだ」

「そりゃあ仕方ないだろう。初めて気楽に出れる食事会なんだ。やはり新鮮なのは良いね、気が重くなる食事会でも足早になってしまう」

気持ちは分かる。気苦労の多い社交辞令の場に友人と一緒に行けるのだ。そういえば日本での数少ない友人である彼は元気にしているだろうか、最後に出会ったのは痴情の縺れで刺されて入院した時にお見舞いに行った時だったか。まあ元気だろうな、また刺されてそうだけど。

マリトと軽く雑談を続けていると馬車の方から呼び声が聞こえた。そうだった、忘れてた。

「あのう、お兄さん。私達も降りて大丈夫なのですか？」

「ああ、悪い悪い。大丈夫だ、つい話し込んでしまったな」

ルコが足元を気にしながら降りてくる。慣れない長いドレススカートに苦戦している模様。バンさんのところで着替えた際には何度も転んだとか。礼儀作法を学んでいるとはいえ、こういった格好での参加は初めてなのだから仕方あるまい。

「ええとお兄さんのお知り合いの方ですよね、私の名前はルコと――」

こちらが気軽に話していたこと、相手が非常に砕けた喋り方をしていたのを聞いて安心しきっていたのだろう。足元を気にしつつ歩み寄ってから挨拶をするルコ、しかしマリトの顔を見てしまい即座に硬直。

「……お、おおおお、お兄さん？」

壊れかけのロボットの様な声を出しながらこちらにギギギと振り返るルコ。流石に王様の顔は知っていたようだな。しかしこういう顔は大好物です、はい。

「なあ、友よ。ひょっとしてアレか？」

「すまんマリト、お前の名前出したら逃げると思ったから言わないでおいた」

「お兄さん⁉　へ、へへへ陛下じゃないですかっ⁉」

「ああ、言ったろ、陛下みたいな人だって」

「陛下まんまじゃないですか⁉」

陛下を指して陛下まんまとはなかなか洒落ている。素早い動きで下がり、マリトに深々と頭を下げるルコ。

「も、申しわけありません陛下、知らずとは言え無礼な真似を――」

「ああ、良い。この場は無礼講――と言う訳でもないが友の悪戯故であろう。不問に致す」

「そうだぞ、ルコ。そんなに畏まってたら身が持たないぞ。今日の食事会はマリトと過ごしてもらうんだからな」

「……っ」

ああ、凄い顔で固まっている。でもこれが普通なんだよなぁ。マリトのこちらに対する態度があんまりにもフランク過ぎて感覚が狂っているのだが、こいつは王様であり、無礼を働こうものならこの国で生きていけなくなる物騒な人物なのだ。

動けなくなっているルコを見て、マリトは呆れ顔でこちらの肩を組んでヒソヒソ声で話しかけてくる。

「確かにこういう子なら一日大人しく過ごせるだろうけどね。限度があるだろう？　流石に石像と一緒にいるのはどうかと思うんだけど」

「そこはお前の器量次第だろ。話し相手には丁度良いと思ったんだがな」

チラとルコを見るマリト。ルコは混乱していてピクリとも動けない。石像か、上手い例えだな。

「いや、会話にならない気がするんだけど？　共通の話題とかほとんどないでしょ、これ」

「そうか？　お前に贈った鉢植えを作った女性なんだけどな」

「――なんだ、それを早く言いなよ」

くるりと振り返りルコの元へ歩み寄るマリト。そしてルコの手を握り優しく笑いかける。

「君があの鉢植えを作った者か、いやあ一度話をしてみたいと思っていたところだ！」

「え、あの、ええと、ああ!?　お、お兄さん!?」

どうやら自分の用意した鉢植えが陛下に送られたことに今気付いた模様。そうだよの意を示してサムズアップしておく。

「素晴らしい贈り物だった。贈ってくれた友にも感謝したが、君にも感謝したい」

「いえ、あの、その……」

「そうそう、贈られた鉢植えの説明書きを読んで気になったことがあるのだが、相談を――」

口調こそ平常運転のマリトだが、その活発さはこちらに向けるものとほぼ同じテンション。ルコも矢継ぎ早に話してくるマリトに畏まり以外に戸惑いを感じているようだ。

「マリト、玄関で話を済ませるなよ」

「ああ、そうだった。寒空に立たせるのも失礼であったな。では中で話の続きをするとしよう」

マリトに手を引かれ、ずるずると連れて行かれるルコ。僅かながらに助けを求めていた気がしたのだが、多分気のせい。放っておいても大丈夫だろう。

「……ところでだ。早く降りてこいよ、イリアス」

その声にコツコツと聞きなれない靴音を立てて降りてくるイリアス。食事会ということでイリアスもきちんと着替えてきているのだ。気恥ずかしいのか馬車の中では一度も喋っておらず、マリトの前に出る勇気もなかったようだがいい加減覚悟を決めたようだ。

「君と言う奴は……ルコも可哀想に……」

違った、どちらかと言えばマリトとルコのやり取りでどうでも良くなった模様。

「ルコへの感謝とマリトへの機嫌取りに丁度いい組み合わせと思ったんだがな」

「私が同じ立場だったら生きた心地がしないぞ……」

「まあイリアスの方は気楽なもんだろう?」

「そうは言うがな、こんな格好初めてなんだぞ……」

サイラの用意した私服も悪くなかったが、こういった晴れやかな姿のイリアスも悪くない。むしろ良いくらいだ。

「似合っているぞ。普段が田舎騎士丸出しの格好だけに新鮮だ」

「そうかありがとう。君が普段私をどう思っているのか良く分かった」

どこか背筋に冷たい物が流れそうな笑顔で応えるイリアス。しかし、それはどうなのだ。イリアスの腰にはいつもの剣がしっかりホルダーで固定されている。心なしかドレスが傾いている気がする、いや傾いている。布地が悲鳴上げてませんかねそれ。

「何でドレス姿に剣を差しているんだよ」

「格好は仕方ないとして、君の護衛の任は継続中なのだぞ。剣を持たずしてどうする。陛下の目に入るかもしれんのだぞ」

そういわれると強くは言えない。しかし悪目立ちもいいところだろう。ファンタジー系のソーシャルゲームに剣を持ったドレス姿のキャラクターはいるだろうが、実際に見ると場違い感が凄い。

「貸せ、こっちが持つ」

「いやしかしだな」

「必要になれば何時でも抜けるよう傍にいれば問題ないだろう?」

「それはそうだが……」

「そのドレス、破れたら弁償するのは誰だと思っているんだ」

イリアスがこういったドレスを持っているはずもなかった。母親のドレスくらいは探せばあるのだろうが、イリアスと母親の服のサイズは違うらしい。なのでこちらもバンさんからのレンタルです。

「ぬう……仕方ない」

イリアスから渡された剣を受け取――重っ⁉　西洋剣って重くて3キロ程度じゃないの⁉

「なんでこんなに重いんだ⁉　鉄の密度超えてるってレベルじゃないだろ⁉　純金製か⁉」

「並みの鋼鉄では私の全力についていけなくてな。非常に希少な鉱石を用いて造られている。我が家で一番高価な物だな」

どう見積もっても十キロ近い、ニキロのダンベルでも振り回すのは苦労すると言うのに。これをぶん回してるんだよな、このゴリラ。しかも場合によっては片手で振り回してるんですよ？

それはさておき、こんなもん腰につけてたら間違いなくズボンがずり落ちる。イリアスのドレスは良く頑張ってたよ、本当。ホルダーを腰ではなく肩に回し、剣を背負う形にする。

とりあえず執事さんには事情を説明しつつ入ることになった。食事会に冒険者みたいな剣の持ち方をして入るのって恥ずかしいなおい！

入り口で色々あったものの、食事会は滞りなく進む。最初こそ剣を背負った人間がいることに戸惑いを見せた貴族達だが、こちらの社交辞令は慣れたもの。挨拶と共に軽い雑談をして別れるの繰り返しだ。

流石にマリトが出席する食事会だけあって若い女性陣はあまりこちらに興味を示してくれないものの、その親である貴族達とはそれなりに顔見知りの関係になれた。

マリトの方はと言うと、やはり人気者なようで次々と若い女性が挨拶に近寄っている。しかしルコを常に近くに連れているおかげか、そこまで長く話すこともなく会話を切り上げられている。そんなやり取りがしばらく続くと周囲の者達もマリトの意図を察したのだろう、強引に近づくものは減っていった。

今は自由に園芸の話で盛り上がっているようだ。ルコも戸惑いと緊張でガチガチではあったが、趣味の話題になると楽しそうな顔でマリトと話せている。これなら後で文句を言われることは――あるだろうがそこまでではないだろう。

こちらも楽しもうとは思ったが、着飾ったイリアスが護衛にいる時点でこちらからは進んで女性に声を掛け難い。この辺は考慮すべきであったと反省、今日は出会いよりもイリアスと息抜きを楽しむとしよう。

「ん、楽器の音か?」

耳に響く音色に視線を向けると、小規模な楽団が現れており演奏の準備をしている。執事達が中央のテーブルを片付け、ものの数分で広い空間が作られていく。そして指揮者の登場と共に、食事会は舞踏会へと移行した。

周囲の者達がそれぞれの相手と踊り出す。テレビの中でだけ見るような優雅な景色が目の前で繰り広げられている。正直、この中に加わりたいという気持ちも湧いてきた。しかし、現実とは非情なのだ。

「……なぁ、聞くまでもないと思うが……踊れないよな?」

「ああ、小さい頃に習った記憶はあるが、すっかりと忘れてしまっている。君はどうなのだ?」

「酒を片手に眺めて格好つけていた記憶しかないな」

「そんなところだろうな、君らしい」

周囲の若者のほとんどが踊っている最中、踊れない二人が立ち尽くしていた。マリトでさえルコを連れて踊っているのに。こんなアウェー感を味わうのも実に久しぶりである。ダンスパーティなんて滅多に行かないもんなぁ。

「それにしても踊らないことが逆に目立つとは思いもしなかったな」

「そうだな」

「……今度覚えるか」

「そうだな……」

華やかな光景を前に、田舎者二人は虚しい決意をするのであった。そんなこんなで食事会は終了。最後に虚しいオチはついたが食事はそれなりに美味しかったし、酒も十分楽しめた。貴族の娘達もほとんどマリトの方に流れていたけど、眼福にはなったと思います。イリアスのドレス姿も悪くなかったしね。帰りの馬車ではそんな優雅な余韻に浸りつつ静かに――

「お兄さん！　酷いですよっ!?」

いかなかった、やっぱり怒られました。ちなみにマリトは満足して帰りました。そりゃあ面倒な食事会で女の子に長時間拘束されることなく、趣味の話で盛り上がれたのなら言うことないだろうよ。

ルコとて途中からはそこそこ楽しめていたようには見えたが、それはそれと謀られたことへの怒りを絶賛主犯格にぶつけている。イリアスはその様子を笑いながら見ており、助け舟が現れる様子はない。

ちなみにルコの素性はマリトにはしっかりとバレていた。どこかで見た顔だということくらいは覚えていたようだ。ま、マリトも城勤めのメイドと踊ることになるとは思いもしなかっただろうがな。

誰かさんのせいで酷い目に遭わされたルコではあったが、彼女にとっては心臓に悪いことばかりではなかった。園芸マニアであるマリトの会話にしっかりとついてこれたことで気に入られ、庭園を任されている職人に指南を受けられるようになったのだ。

庭園の管理に加われる日はまだまだ遠いだろうが、憧れがより現実的なものへと昇華できたのである。それを考えればここまで非難されるのはいかがなものか。色々手配した立役者として許してくれても良いのではないでしょうか？

「それはそれ、これはこれです！」

ダメでした。やはり戸惑うルコを見て愉しんでいたことがバレたのが致命的だった。叱られ、感謝され、そして叱られるというよく分からない飴と鞭を味わいながらの帰路となった。

その翌日、晴れやかな笑顔で出迎えてくれたマリト。こっちは夢でもルコに怒られたせいでちょっと寝不足である。

「その笑顔が憎たらしいな」

「笑顔で出迎えてそんなことを言われたのは初めてだよ。何か悪いことでもあったのかい？」

「ルコに散々どやされた。おかげで夢の中でも叱られたぞ」

「はっはっはっ、それは自業自得と言う他にないけどね。だけどそのおかげで良い娘に出会えた」

「まったくだ。これでルコも園芸の仕事に就くと言う夢に一歩近づけたと言うのに」

「うん？　君は彼女を妃候補で紹介したわけじゃなかったの？」

「え？　……あーうん、そういえばそういう形になってたな」

そういえばマリトに女性を紹介すると言うことはそういうことだった。こちらとしてはマリトを喜ばせたルコの働きに恩返ししようと言うことで、マリトに良い立場に回してもらえるよう取り計らったつもりだったのだ。

「でもルコはこの城に勤めるメイドだぞ、流石に周りの声が許さないだろう？」

「構うもんか。候補に入れてはいけない者について言われた覚えはないからね」

「そりゃそうだろう。暗黙の了解と言うやつだしな。と言うよりだ、ルコを女性として気に入ったのか？」

気になる点としてはそこだ。趣味が合うだけならば園芸や庭園を嗜む貴族の娘くらいいないわけでもないだろうに。

「野心はあるが人を利用する気はない。夢を抱きその努力を怠らず、現実的な生き方も忘れない。教養も礼儀作法も最低限以上にしっかりしている。趣味の話をどっぷりとしても引かれないどころか職人顔負けの知識を持っている。容姿も着飾れば十分に映えるし、活き活きと話す時の笑顔はとても眩しい。戸惑った顔は特にそそる。一体どこにケチを付けろと言うんだい？」

生まれを除けばマリトにとってプラスだらけでしたか、あの子は。……最後のポイントが決め手じゃありませんように、そんな王様が居座る国は嫌だ。

「とは言え妃候補になったとなれば、ルコの方が重圧で逃げ出しそうな気がするぞ？」

「それはそうかもね。そこは俺が上手く口説き落とせば済む問題だろう？」

自信満々なマリト。どれだけ自信があるんだよ、お前王様か、王様だったわ。

「ただ怒ると意外と怖いからな。あまり追い詰めてやるなよ」

「君じゃあるまいし、怒る余裕なんて与えないさ」

やだ、何このイケメンマジ王子、いや王様だった。ルコはこの後どのような少女マンガ的ストーリーを送るのだろうか、気になるけど下手に突っつくのは危険だろう。

「とりあえず後はよろしくやってくれ、後は知らん」

「わかっているさ。しかし君に先を越されるとはね」

先を越されたのはこっちなんですがね？　ああいや、取り決めの話か。

「別に強引な手段でこの国に繋ぎ止められるのが嫌で提案した取り決めであって、どちらが先に相応しい相手を用意するかの競争じゃなかったろ」

「俺の中では勝負と思っていたんだよ。くやしいなぁ」

「あのなぁ……そうだ、負けたんだったら一つ頼みごとを聞いて貰おうじゃないか」

「それはもちろん。別に勝ち負け関係なく君の頼みなら聞いてあげても良いんだけどね？」

うーん、親友の愛が重い。まあそれは後々ルコに流れるだろうから気にしない。

「イリアスを許してやってくれないか？」

「……」

うん、一気に表情が王様らしくなった。やはりこういった場でなければ取り付く島もないだろうと判断したのは間違いなかった。

「君は良くラッツェル卿を許せるものだね。君の命よりも他者の命を優先し、君を危険に晒したと言うのに」

「そもそも周囲の人間を守らせるよう戦わせたのはこっちだ。捕まったのは第三者がいる可能性を忘れて孤立したこっちの責任だろう。ちゃんと責任は取ったつもりだぞ」

「それでラッツェル卿は大した活躍もなく終わったわけだけどね。そこは自覚しているのかい？」

いやまあ、イリアスもギリスタを倒したっちゃあ倒したんですけどね。あの三人の中で一番強かったのが誰かと言われれば、それはエクドイクだろう。ただそのエクドイクは相性の差が如実に出てラクラに完敗した。

ただ次点であるパーシュロは素の実力でイリアスに苦戦を強いらせていたほどだ。最終的にウルフェが決めたとは言え、イリアスがいなければ間違いなくパーシュロは倒せなかっただろう。

「イリアスが一番の功績を挙げなければ許されないと言うのならそうしていたさ。まあその時はこうして話せていた保障はないけどな」

「言うね。まあそうなっていたら今頃ラッツェル卿は騎士ですらなくなっていただろうけどさ」

君こそ言うね、しれっと怖い話をしてくれる。こんなに即死まっしぐらな紙キャラの護衛をさせて、守れなければ人生破滅だなんて容赦ないにも程がある。

「だが躊躇なく人命を見捨てるような奴に護衛をして欲しくはないな。そんな奴を付けるくらいなら単身でガーネに行くぞ」

「仲間割れを引き起こした癖に、甘いことを言うもんだね君は。もうちょっと芯を持ったらどうだい？」

「芯ならあるさ、無難に生きたいって歪な芯がな」

この辺は世界が変わっても変わりない。平常時だろうが、正義に燃えようが、狂人の思想に染まろうが変えるつもりがない。むしろ変えちゃいけないことだ。

「……はぁ、わかったよ。ラッツェル卿の護衛は当面継続だ。ただしガーネに行く際にはもう一人護衛を用意するけど、文句はないよね？」

「落とし所としては十分だ。ちなみに誰を付ける予定なんだ？」

「それは当日までに考える。実力はさておき、君を守ることを第一に優先にできる者を用意するつもりだ」

許しはしても根には持つ模様。この辺はイリアスの今後に期待するとしましょ。

「ラッツェル卿、入れ！」

マリトの呼び声からしばらくして、イリアスが執務室に入ってきた。消沈した表情こそないが緊張しているのは目に見えて分かる。

「話は聞こえていただろう。貴公に命じた護衛の任は継続だ。だが次はないと思え。故にその芯に抱く騎士道を賭けて臨め！」

「――はっ！」

「イリアスの人生を賭けられるとこっちへの重圧が辛いんだがな」

「そう思うなら君も細心の注意を払ってくれ。君が攫われたと聞いてどれだけ心配したと思っているんだい？」

「——悪かった」

マリトの真剣な目つきに圧され、素直に謝る。こういう時のプレッシャーは騎士や狂人の持つ風格や脅威とは別次元の何かを感じるな。

マリトもまたこの世界に存在する化物の一人なのだとしみじみ実感する。普段からこんな圧を向けられている騎士達は大変だろうな。

「さて、早速だがガーネについての報告があった。結果は『異常なし』だ」

「そうか、だがさっきの話だとガーネに向かってもいいような言い方だったじゃないか」

ガーネに異常が見られればマリト公認でガーネに向かえると言う話だっただけに、異常なしと言う結果はちょっと予想外だった。

「異常なしと言っても、そもそもガーネには異色なことが多い。異常がないと言うのはガーネの王が変わってからその治世に関して変化がないというだけの話だからね」

ガーネの王が変わったのは数年前、問題のない異常なしではないわけか。あまり深く考えるとないないのゲシュタルト崩壊が起きそうだな。

「結局最初から許可は出すつもりだったわけだな」

「そりゃあどっちの決定でも君はガーネに行っただろう？　だったら鎖を繋げられる方を選ぶさ」

堂々と言いやがるな、こいつ。まあ今更だから気にしないけどさ。

「それで、向こうへの交渉はもう始めているのか？」

「既にガーネ国王への交渉は済んだ。有望な人材にガーネの統治を学ばせたいと言う話で長期の滞在、大半の施設への入出許可を取ってある。奴さん軍事資料だって好きに見てくれて構わないだとさ」

「そりゃあ大歓迎だこと」

同格ならば軍事に関しての情報は秘匿するのが当然だ。それをどうぞ見に来てくださいということは露呈しても問題がなく、真似される心配もないということ。それほどまでに自国に対しての自信があるってわけだ。

しかし手が早いなマリト、最初から国王相手に交渉していたとは。

「そんなわけだから君にはラーハイトの件を追うついでに、ガーネの視察もお願いしよう。その方が演技にもならないから本筋を隠す理由にはなるだろう？」

「ついでのように言ってくれるな……そんなに治世に詳しいわけじゃないんだが」

「そこはほら、もう一人の護衛には頭の回る者を用意するから心配しなくていいよ」

それは助かる。一般人に隣国の凄さを調査しろと言われても、『すごかったです！』とか語彙力のないコメントしか残せないからな。イリアスなら軍事に詳しいかもしれないが……『倒せそうだ』くらいの脳筋コメントしか出ない気がする。

「ラーハイトの痕跡を追うことは止めない。だが深追いはしないように。力が必要ならばこちらは騎士団を出す用意だってある。こっちの力を頼ってくれよ、友人」

「ああ、ラーハイトが目の前を歩いていたらイリアスに斬らせるが、それ以外は存分に頼らせてもらうぞ、友人」

こうしてマリトの助けによってガーネへの調査の準備が整った。発端はたった一冊の本。その本を巡り闇に埋もれていた事実の多くが露呈した。

この先に控えている事実はそれらを凌駕することになるのだろう。関わりたくもない話だが、半端に触れたままで済ませたからとこれ以上平穏が脅かされないわけでもない。

非常に不本意ではあるが世界の平和の為、果ては心の安寧を満たせる幸せな生活の為に頑張るとしよう。

◆

この場所がどこなのかを正しく知る者はこの場にはいない。嘗て『全能』の力を持った『黒の魔王』が生み出した特異な空間に巨大な円卓が添えられている。椅子はなく、円卓の上には八色の水晶が等間隔に並べられている。

その中で輝く色は金色、蒼色、碧色、紫色、無色、そして緋色。黒色と白色の水晶だけはその輝きを失いくすんでいる。

「件の本はメジスに再び封印されることになった。報告は以上だ」

緋色の水晶から重々しい声が響く。それはラーハイトと通じていた『緋の魔王』の声。

「結局本を奪うことはできなかったのね……、私のことが書かれている本なのに……嗚呼、恥ずかしい……死にたい……」

氷のように透き通り、今にも消え入りそうな声が蒼色の水晶から響く。

「あの小僧、確かラーハイトとか言うたかの。『緋』がさっさと魔族にしてやらんから手を抜いたのではないかの？　本当『緋』は人使いがなっておらんの」

愉快そうにからかいの声を響かせるのは金色の水晶。

「『金』ったら、そんなことを言ったらダメでしょう？　魔族は自分の生涯の礎と成るべき存在なのよ？　慎重過ぎて、焦らして、焦らし続けて、我慢ができなくなるまで勿体ぶって、それくらいでも過ぎないのよ？」

妖艶な声を響かせるのは紫色の水晶。無色と碧色の水晶は輝きこそすれども、沈黙を保ち続けている。

「ラーハイトの失態についてはどうでもよい。成果なきは恩賞もなしで済む話だ。望みが続くならばいずれ功績を持ち寄るであろう。だが少々興味深い報告を聞いた」

「ふむ、なんじゃ？」

「かの本を解読できる者が現れたと連絡がきた。その者はユグラと同じ星の民であるともな」

しばしの沈黙、顔のない円卓だがそこに渦巻く感情は様々。そこに第三者がいれば混沌とした気配に気が狂いそうになっていたかもしれない。

「それって……私の全てが……嗚呼、死にたい……」

「確かに乙女の秘密を読むのは失礼よね？」

「ユグラが妾達のことをどこまで赤裸々に記したのかは知らんが、妾達が討ち滅ぼされても蘇ると知られた日には大事じゃな？」

「ユグラは細かい性格だったからね？　書いてあるかもしれないわね？」

「仮にそうだとして、現在そのことを知っているのはターイズとメジスの者だけだ。奴らが動くようならばこちらも動けば良いだけのこと。いまさら体が鈍って動けないと言い訳をする弱者はこの中にはおるまい？」

「妾、肉体労働は苦手なんじゃがの……『闘争の緋』は構わんでも、妾は戦線に立ちとうないの」

「『金』はひときわ弱いものね？　ユグラに一瞬で殺されたんだったかしら？」

「うむ、あっけなさなら『全能の黒』に続く自信があるの」

「下らん自虐は止せ、『統治の黄』」

「『金』じゃっ！　『黄』は止めよと言うておろうがっ！　まったく、ユグラも妾の好みを分かっておらんからにっ！」

「それで話は終わりか『緋』」

碧色の水晶より凛とした声が響き、周囲の喧騒が一瞬で静まり返る。

「なんじゃ、起きておったのか『碧』」

「うたた寝の中を貴様らの騒音で不快にさせられれば口も開く。それ以上報告がないのならばさっさと終わらせろ、それとも終わらせて欲しいか」

「……話は以上だ」

緋色の水晶の輝きが消え、それに続いて蒼色、紫色も消える。

「恐ろしいの。魔王共を一喝できるのは『黒』か『碧』くらいのものよな」

「……」

「なんじゃ『碧』、お前さんが最後まで残る必要はないじゃろ。最後の番は『黒』に続く妾に任せ、快眠の続きを貪れば良かろう？」

その言葉をどう受け取ったのか、碧色の水晶の輝きも消えた。

「怖い怖い。何を言うても『碧』は不快に感じてしまうからの。これでは取り繕うこともできんわ。……のう『色無し』、お前さんも偶には口を開いても良いのじゃぞ？」

金色の水晶は未だに輝いている無色の水晶へと語りかけるも、無色の水晶は何を言うまでもなく、静かにその輝きを消した。

「ぬう……妾、嫌われるようなことを言ったか？　どの魔王も気難しいのは変わらんの。しかしユグラの星の民か、実に興味深い。ターイズにおると聞いたが……ここ、ガーネを訪ねて来てはくれんかのう？　んっふっふっ」

愉快そうな笑い声を残し、金色の水晶も輝きを失った。その空間を照らしていた光は全て失われ、円卓は黒い闇の中に包まれる。

地球からやってきた異世界人が魔王達の存在を露呈させる最中、彼の存在もまた魔王達にその存在を露呈されているのであった。

了

特別収録『遊びも無難にいきたい』

※これは私服を新調したイリアスがサイラと共に街を歩いて楽しんでいるころ、留守番組が親睦を深める目的で双六ゲームをすることになった時の回想である。

ここにいるのはウルフェ、ラクラ、カラ爺を含めた四人。老若男女が揃っていることになるが、双六のルールはそう難しいものではない。誰でも簡単にルールを覚えられ、公平に遊ぶことができる。

まあ、実際には使用されるカードの全てを暗記することで、戦略の差が生まれるんだが……そこは開発者特権で黙っておこう。

そんなわけでまずはルールを説明し、解説がてらにワンゲームを済ませた。チェスのようなボードゲームはあるものの、こういったボードゲーム自体はそこまで普及しているわけではない。皆興味深そうに説明を聞いてくれた。

「最後に順位のボーナスを割り振って総合順位を決める。どうだ、分かったか？」

「分かりました！」

「面白そうじゃな。この歳で騎士以外の生き方を選ぶことになるとはの」

「早くゴールすれば良いってわけでもないのですね」

「そりゃ早く死ぬだけで有利ならわしが最強じゃからな、ふぁっふぁっふぁっ」

カラ爺、そのブラックジョークで笑えるのは貴方の同年代くらいだよ。

「せっかくですから、最下位の方にはおしおきを与えるのはどうでしょうか」

「やりましょう！」

おい馬鹿止めろ。その言葉を言うよりも早く、ウルフェが賛同の声を上げてしまった。ウルフェにおい馬鹿止めろと言うわけにもいかない。そんな事を言ったら絶対に涙目になっちゃう。ならばここは助け舟をとカラ爺に視線を向けるも――

「……そうじゃの。少しくらい何かを背負わんと、やりがいもないじゃろうからの」

うん、ダメだ。ウルフェと仲良くしたいカラ爺からすれば、ウルフェの意見に異を唱えることなんてできるわけないよな。

仕方ないので公平さを保つ為、おしおきの内容はゲーム開始時に各自が宣言し、一位の考えたものを最下位が受けることとなった。

「随分と細かく決めますね」

「そりゃ人によって罰ゲームを変えてみろ、誰もが地獄を見るぞ」

「……ナルホド」

「ちなみにこの説明で納得できる奴ほどろくでもない奴の証明だからな」

ここにいる四人には、それぞれに手加減をしたくなる相手がいる。その人を巻き込むリスクを考えれば、宣言されるおしおきも比較的穏やかな内容になるだろう。

「んじゃ、各自おしおきを宣言してもらおうかな。『次のゲームを空気椅子で行う』」

「ふむ。『次のゲーム中、一位の肩叩きをする』とかかの」

流石はカラ爺。空気を読んだ無難なチョイスだ。ウルフェがカラ爺の肩を叩く時の力加減が心配ではあるが、元々頑丈なカラ爺ならばそこまで問題はないだろう。

「うーん。では鳥さんのマネをしながら『二階から飛び降りる』！」

「おい」

「何か問題でも？」

「お前らは平気だろうが、こちとら貧弱脆弱虚弱の最弱様だぞ。余裕で怪我するわ！」

「えー。では地面に何か敷いておきますよ。それなら大丈夫ですよね！」

大丈夫なわけないだろ。今は日中、外を歩く人は結構いる。そんな人達の前で痴態を晒せば、社会的にも大怪我だ。

「わし、一応仕事で来とるんじゃがのぅ……」

「あいつが一位にならなければ大丈夫ですよ」

そう、ラクラは分かっていない。このゲームにとって重要な要素とは、最終的に収束していく運よりも、他者からのヘイト管理なのだ。自分が受けないからと好き放題なおしおきを宣言してしまっていは、それを避けたいと願う他者からの妨害を受けることに繋がるのだ。

「最後はウルフェちゃんですね。どうします？」

「ええと……すみをたべる！」

「え？」

「すみを、たべる！」

この世界にすみと言う名の独自の食べ物があったかなと考えたが、ウルフェが指を差している先にあるのは暖炉の横に置いてある炭である。

……あれ、教育の仕方間違えた!? どこで間違えた!? この世界でも取り返しのつかないミスをやってしまったのか!?

「ウ、ウルフェちゃん？ その、尚書様も負けたらそれを食べるんですよ？」

「だいじょうぶです、ししょーはまけないです！」

信頼が重い。そして納得した。ウルフェはこちらが負けるとは微塵も思っていないのだ。チュートリアルプレイを通して、このゲームが運否天賦《うんぷてんぷ》だけで決まるものではないことを察したのだろう。

このゲームの製作者ならば、最悪の結果だけは避けられるような方法を思いつくに違いない。ならば遠慮は不要であるとこのえぐいおしおきを選択してきたのだろう。

よくよく考えればウルフェにとって、おしおきと言う言葉の意味合いは罰ゲームよりも折檻のそれだ。ラクラのイメージとは違うニュアンスで捉えてしまったのだろう。

教育の方法が間違っていたわけではないが、ウルフェの常識の範疇の狭さは今後改善せねばなるまい。

「むむ……ここで逃げては騎士の恥、よかろう！ その勝負受けて立つ！」

「逃げていい時があってもいいと思うんですよ」

緊迫した空気の中、本番一戦目が開始された。チュートリアルとは違い、各々が真剣な表情でダイスを振っている。出目に一喜一憂し、配られる妨害カードとにらめっこ。そして人を見てほくそ笑む者達。そして勝敗が決した。

「いちいです！」

「二位だな」

「無事回避できたの」

「ど、どうしてこんなことに……!?」

驚愕の表情を浮かべているが、ラクラが圧倒的な低スコアで最下位の結果に終わった。順位ボーナスを含めた最後の集計でまくるといった盛り上がりなど一切なく、ただただ悲しいスコアだった。

「最後の最後でリスキーなルートを選ぶからだろ。折角二位か三位を確実に取れたのに」

「だってぇ！　私が一位になるには、こっち側を選ばないと無理だって言ったじゃないですか！」

その言葉に嘘はない。一位を独走するウルフェに、二位以下が勝利する為にはゴール手前にあるギャンブルコースを狙うしかなかったのだ。このコースは誰でも一発逆転のチャンスがあるものの、期待値的には絶対に入ってはいけないコースだ。麻雀で負け寸前の人間が国士無双を狙うかのような心境ならまだしも、安全圏にいるラクラが選んだ時には乾いた笑いが漏れた。

おしおきが実装されている以上、このゲームの勝利条件は一位になることではなく、四位にならないことに変わっているのだ。

「ラクラ、どうぞ」

「う……。炭とか食べたら死にませんか!?」

「一応炭は腸内環境を整えたりする効果があると言われているぞ」

「そ、そうなのですか⁉　異世界の人って何でも食べているのですね……」

否定はしない。ただ補足もしない。炭は食用として注目されていた時期もあったが、それはサプリの一種としてだ。決して現在のように炭単体を主食のように摂取することはない。

あ、でも辺境の民族で炭をダイレクトに食べる人達っていたような気がする。

「ラクラ、はよ」

「ウルフェちゃんがいつもよりも冷たく感じられます⁉」

ウルフェからすれば、カラ爺を四位にしたかったのだ。実際後半戦まではカラ爺がウルフェの妨害を受けまくって四位確定コースだったのに、ラクラが自滅したおかげで努力がおじゃんなのだ。でもウルフェ、その口調は止めような？

「うう……えい！」

お、ガリっといった。震えるな、こっちを見るな、涙目で訴えるな。そんな表情を見れば、炭の味を理解してしまいかねないだろうが。

「炭は……炭ですね……」

「だろうな。それじゃあ次の勝負に入るぞ。『皆にお茶を淹れる』だな」

「それ、今飲みたいのですが……ええとそれじゃあ――」

「すみをたべる！」

へへ、この顔は『カラ爺が炭を食うまで続けてやる』と言わんばかりだ。他の二人の不安げな表情とは裏腹にウルフェはやる気に満ち溢れている。こいつはなかなか危険な香りのする展開になってきたもんだぜ。

そして二回目の勝負の最中にあることに気づく。それはウルフェの出目が明らかに良過ぎるということだ。一度としてマイナスの結果になるマスに止まらず、出目も常に大きい。

他の二人は羨ましそうな目で見ているが、こっちは騙されない。ウルフェがダイスを振る時の仕草、転がる回数、それらが常に一定なのだ。これは地球の雀荘で見たイカサマに近い感じではあるのだが、ダイスは縦回転しかしていないものの、しっかりと二回以上転がっている。

「どうしたんですか、ししょー？」

「……いや、なんでもない」

安直な置きサイや捻りサイなら注意をするところではあるのだが、ウルフェのダイスロールにはかなりの技巧が練り込まれている。頭ごなしに否定するのもなぁ……。

そんなことを考えつつも二回目の勝負が決着。順位は変わらず、再びラクラが炭を食うことになった。

「助かったわい……」

「尚書様ぁ……」

「だからなんで最下位を避けられる位置にいたのに冒険をだな」

「だってだってぇ！　私のおしおきを尚書様にやらせたいじゃないですかぁ！」

「名指しするな」

合法的に日頃の鬱憤をぶつけられる機会ではある。だがそれしか考えてないな、こいつ。おかげで最下位になる危険性が下がるのはありがたいが、これでは誰の目的も達成することができない。ウルフェが一度満足したら、緩やかにおしおきのレベルを下げていく計画は諦めるしかなさそうだ。

「ラクラ、はいおたべ」

「ひぃっ!?」

無垢な表情で炭を差し出してくるウルフェに怯えるラクラ。まあ誰でも怯えると思うよ、うん。

『カラ爺の苦悶の表情が見たい』だけから、『ラクラの面白い顔もちょっと良いかも』くらいは考えてそうで怖い。ちなみに良い顔だぞ、ラクラ。

「ラクラ、そのまま齧りつくより、砕いて水と一緒にだな」

「はっ！　その手がありましたか！」

早速実戦するラクラ、しかし飲みきった後の涙目は健在である。水と一緒にとは言ったが、水に混ぜて飲んだらのど越し最悪だろうに。粉薬のように水で流し込むべきだったろうにな。

「うぅ……不味いですぅ……しかもお腹にたまります……」

「知らん」

この後もウルフェの連勝は止まらず、ラクラの自滅も止まらなかった。このままラクラの一人負けならば良かったのだが、ダイス目を調整できるウルフェに常に妨害を受けているカラ爺はかなり際どい結果が続く。

そしてラクラが大勝負に失敗するも、被害が浅いタイミングでついにカラ爺が最下位になってしまうのであった。

「うぅ、また一位に……あれ、最下位じゃない、わーい！」

「こうして目標を少しずつ下げる習慣が身に付いてくるわけだな……」

「くっ、ここまでか……無念……」

　よもや人の家でそんな騎士の台詞を聞くとは思わなんだ。口に炭の粉末が付いているラクラの喜びの笑顔よりも、より輝いている子が一人いる。

「はい、カラじい。ごはん！」

「なぜこんなにも盛り付けられておるのかの……」

「カラじいはおとなで、おとこだから！」

　ウルフェがカラ爺に向かって微笑んでいる光景。それはいつしか見たかったものだったのに、手元の皿に盛り付けられた炭が感動の全てを塗り潰している。量の制限をすべきだったが、出されてからの訂正はアンフェアだ。いや、ラクラよりも大盛りにされている時点でフェアではないのだが。

「くっ、ここで引いてはターイズ騎士の名折れ……！　ええい、ままよ！」

　そんなことで折れる名誉なら捨てちまえ。だがカラ爺はやりきった、皿に載せられた炭を一気にかきこんでいく。あっという間に完食するも、その表情は非常に辛そうである。

「大丈夫ですか……？」

「ぐぷっ、妻がおらん時に自炊した飯と比べれば……同じようなもんじゃて……」

「おかわり、ある！　さぁ、つぎ、いこう！」

ウルフェの表情が数割増しで眩しい。自分の力でカラ爺にダメージを与えられたことが嬉しいのだろう。この歪んだ感情が生み出されるくらいなら、鍛錬の時にもう少し手加減しておくべきだったのかもしれないな、カラ爺。

「……わしが死んだら、妻には騎士の名誉を護りながら逝ったと伝えてくれ」

「ちょっとお断りしたいですね」

その後も苦しめられ続けるラクラとカラ爺だったが、ついに転機が訪れた。

「やりました！　これで全員の順位が逆転……私が一位で……尚書様が二位!?」

「そろそろ嫌な予感がしてたからな」

ついにラクラが大博打に打ち勝った。運否天賦のゲームではないが、運も勝負を左右する立派な要素なのだ。試行回数を重ねることの偉大さを実感できた瞬間である。期待値より低いのは日頃の行いを考えるが。

「そんな……ばかな……。こんなはずでは……」

「ウルフェ、その悪役みたいな台詞は今後言っちゃダメだぞ」

ギャンブルコースはただ一位になれるだけではない、一位を最下位に落とすような仕組みもある。つまりラクラが宣言していたおしおきをウルフェが受けることになったのだ。

ラクラが宣言したおしおきの内容は『調理された炭料理を食べる』だ。こいつ、散々炭を食べさせられた恨みか、より炭を不味く食べる方法を勝負の最中に模索していやがった。

ラクラが手にする皿の上には、炭と色々な調味料やらが混ぜ合わされた劇物が載せられている。食べ物を無駄にするのは良くないと思います。食べられたとしても、それは無駄にしている行動だと思います。

「はーい、ウルフェちゃーん！　ど、う、ぞ♪」

「くっ……とうっ！　……かはっ！」

ウルフェの潔さに感心しつつ、初めて聞くウルフェの断末魔。初めての断末魔て。因果応報とはこのこと、人を虐める楽しさを覚えるのはまた今度にするといいだろう。

そろそろイリアス達が帰ってくる頃だろう。外を歩いて喉が乾いているだろうから、飲み物を用意してあげるとしよう。いやぁ、実に酷い暇つぶしだった。やっぱりおしおきとか罰ゲームとかはやるべきじゃないんだよ。うん。

「尚書様？　まさかこれで終わりと思っていませんよね？」

「そうじゃのう。よくよく考えれば坊主だけ被害にあっておらんからのぅ……」

やっぱダメかー。これまで全力でヘイト管理をしてきたんだけど、流石におしおき回数ゼロはどうしようもない。カラ爺とかが一位になるタイミングで最下位になれればよかったんだが、基本的にウルフェが無双しちゃってたしな。

「いや、この心苦しい光景だけで十分辛い思いはしたので……」

「ししょー……これ、くせになる。しびれが、ぬけない」

「ウルフェ、それは後遺症って言うんだ」

あ、こいつら目が本気だ。本気で無傷の人間を道連れにしようとしてやがる。しかも三人揃ってこの謎の創作炭料理を宣言しやがって！

「くっ、しゃらくさい！　まとめて相手になってやる！」

「追い込んでおいて言うのもなんじゃが、小物感満載じゃの」

なお一対三で勝てるはずもなく、この世界はおろか、生まれてはじめて炭の味を知ることとなった。

オマケにラクラが適当に味付けをしたおかげで、おぞましい後味付きだ。

薄れゆく意識の中で、一つの教訓を思い浮かべる。遊ぶときでも節度は守ろう、無難が一番だ。

《特別収録／遊びも無難にいきたい・了》

あとがき

まずはここまでお読みになって頂きありがとうございます。

続巻のあるライトノベルだと、一巻を買ってくださる方は結構多いと思います。タイトルや表紙、告知や評判など、何かしらに興味を持ってもらえれば手に取ることも多々あるでしょう。ですが二巻、三巻ともなればやはり作品そのものの価値を認めて頂けないことには手にとってもらえることはないと思います。ですからこうして三巻目のあとがきを読者に読んでもらえることは、作者にとってかけがえのない喜びです。とまあ、今作が販売する書籍の処女作なうちは謙虚な気持ちを大切にしていく所存です。感謝すること自体に損をすることはありませんからね。

さて『異世界でも無難に生きたい症候群』、設定についてのちょっとした小話でも書かせていただきます。一巻のあとがきでも少し触れましたが、国の名前は宝石の名前から取っています。ターイズはターコイズ、メジスはアメジスト、ガーネはガーネットとかですね。

その設定はキャラの方にも反映されており、例えばキャラクター設定シートにはマリトの髪や瞳の色はトルコ石（ターコイズ）のようにと書かれています。髪の色は割とまばらではありますが、瞳の色は出身国をなるべく意識して設定しています。イリアスの瞳は碧ですが、これはターイズ出身の父親譲りということになりますね。赤目のウルフェの先祖は昔ガーネの近くに住んでいたのかもしれません。

こういった設定を考えて物語を書くのは、作者本人にとってもちょっとしたスパイスになります。

物語を派生させるきっかけにもなりますからね。

キャラクター設定シートで思い出しましたけど、私はキャラクターを肉付けする際にメモ帳に特徴を箇条書きにする方法を取っています。イラストレーターのひたきゆうさんにキャラクターの設定資料を渡す時にそのメモとかも含ませるのですが、ちょっとふざけている内容などもあるので何も考えずに真顔で送るようにしています。

ウルフェの場合『あまり喋らないが視線はいつも主人公を見ている』など、可愛い内容が書かれていることもありますが、ラーハイトの『蟻の巣に水を流し込んでいそう』とかギリスタの『マッチョが好き』とかエクドイクの『歩く厨二病。ただし本物』とか、こんなノイズを渡されながらキャラクターデザインを完遂してくださっているゆうさんには頭が上がりません。あ、コミカライズ版の方を描いてくださっている笹峰コウさんの方にも同じものが渡っているんだよな……機会があれば謝っておかなきゃ。

さて三巻が終わり、四巻は……出るといいなー出ますように。一巻の壁、二巻の壁、三巻の壁と聞きますけど、そりゃあどこにだって壁はありますよね。どの壁も頑張って越えることに専念するだけです。次回は国外のガーネが舞台、作者の国外旅行歴は高校生の頃にイギリスに修学旅行で行ったくらいです。自由行動の日に道に迷って、門限を余裕で破って怒られたのは今ではいい思い出。うーん、何か書けばすぐに脱線している気がする。まああとがきなので、こんなものでしょう。何かあとがきに書いて欲しいものがあれば、言ってください。ではでは。

安泰

うちの弟子がいつのまにか人類最強になっていて
なんの才能もない師匠の俺がそれを超える宇宙最強に
誤認定されている件について
第7回
ネット小説大賞
受賞作
AKIRAIZUN
アキライズン
illustration／toi8
「よくわかったな、
その通りだ！」
全ての勘違いはこの一言から始まった!?
©akiraizun

宮廷魔法師クビになったんで、田舎に帰って
1
Rui Sekai
世界るい
illustration だぶ竜
魔法科の先生になります
I was fired from a court wizard so I am going to become a rural magical teacher.
伝説の魔法師
田舎で魔法の先生になる
書き下ろし3万字OVER!
WEB版より大幅加筆!!
コミカライズ～序章～
同時公開!
詳しくはこちら

呼び出した
Yobidashita Shokanjyu Ga
召喚獣が
Tsuyosugiru Ken
強すぎる件
Written by しのこ
Illustration by 茶円ちゃあ
召喚《サモン》したのは
最強の相棒!!
レア召喚獣と始めるVRライフ!
絆の力で世界を駆け抜けろ!
第1位
「小説家になろう」
VRジャンル 四半期ランキング
(2018年11月7日付)
©Shinoko

Ayakawa Rarara
綾河ららら
Illustration ネコメガネ
will sama ha kyou mo mahou de asondeimasu.
ウィル様は今日も魔法で遊んでいます。
かわいさ&魔法の才
無限大∞
どんな魔法も再現可能!?
このお子様、凄すぎます!!!!
第7回
ネット小説大賞期間中
受賞作
魔法に愛された無邪気な少年が巻き起こすほのぼのファンタジー!
©Rarara Ayakawa

Mamonowo shitagaeru "teiin" wo motsu tenseikenja
魔物を従える"帝印"を持つ転生賢者
~かつての魔法と従魔でひっそり最強の冒険者になる~
苗原一
Illustration BBBOX
Written by Naebarahajime
Illustration by BBBOX
魔物が仲間!?な転生賢者のほんわか時々シリアスな冒険が始まる!
マンガUP!にてコミカライズ決定!!
書き下ろしを含め
未公開エピソード大幅加筆!
©Hajime Naehara

愛弟子に裏切られて死んだおっさん勇者、史上最強の魔王として生き返る
六志麻あさ
written by rokushimaasa
イラスト／カンザリン
illustration by kanzarin
＼さすまお!／＼さすまお!／＼さすまお!／
おっさん魔王、絶賛される!!
さすまお～!
第1位
「小説家になろう」
日間・総合ランキング
（2018年2月28日時点）
元勇者のおっさん魔王が史上最強の力で
魔界のために戦う新魔王譚!
1～2巻好評発売中!
©rokushima asa

異世界でも無難に生きたい症候群 3

発行
2019年9月15日 初版第一刷発行

著者
安泰

発行人
長谷川 洋

発行・発売
株式会社一二三書房
〒101-0003 東京都千代田区一ツ橋2-4-3 光文恒産ビル
03-3265-1881

デザイン
okubo

印刷
中央精版印刷株式会社

作品の感想、ファンレターをお待ちしております。

〒101-0003 東京都千代田区一ツ橋2-4-3 光文恒産ビル
株式会社一二三書房
安泰 先生／ひたきゆう 先生

Printed in japan, ISBN 978-4-89199-587-4

※本書は小説投稿サイト「小説家になろう」（http://syosetu.com/）に
掲載された作品を加筆修正し書籍化したものです。